少年帝王传

南宫不凡　著

少年汉文帝

南京大学出版社

图书在版编目(CIP)数据

少年汉文帝 / 南宫不凡著. —— 南京 ：南京大学出版社，
2018.5

（少年帝王传）

ISBN 978-7-305-19341-5

Ⅰ. ①少… Ⅱ. ①南… Ⅲ. ①传记小说－中国－当代
Ⅳ. ①I247.5

中国版本图书馆 CIP 数据核字（2017）第 246355 号

本书经上海青山文化传播有限公司授权独家出版中文简体字版

出版发行　南京大学出版社
社　　址　南京市汉口路22号　　　邮　编　210093
出 版 人　金鑫荣

丛 书 名　少年帝王传
书　　名　少年汉文帝
著　　者　南宫不凡
责任编辑　姜　晨　束　悦　　　编辑热线　025-83592123

照　　排　南京南琳图文制作有限公司
印　　刷　盐城市华光印刷厂
开　　本　880×1230　1/32　印张 8.875　字数 190 千
版　　次　2018 年 5 月第 1 版　2018 年 5 月第 1 次印刷
ISBN 978-7-305-19341-5
定　　价　35.00 元

网址：http://www.njupco.com
官方微博：http://weibo.com/njupco
官方微信号：njupress
销售咨询热线：（025）83594756

导 读

　　他是唯一一个被列入"二十四孝"的君王,他是汉朝唯一当得起"仁"字的少年天子。政治风云诡谲动荡,他却始终宽厚平和,终以其仁德,入主龙廷,成就一代贤君之名——他就是汉文帝。

　　公元前202年,汉高祖刘邦赢得了垓下之战,结束历时四年之久的楚汉之争,正式登上帝位。就在那一年,四皇子刘恒呱呱坠地,成为风云变幻中的一枚棋子。

　　汉宫之内,储位争夺异常激烈,吕后心狠手辣,独断专权,为保其子之位,肆意加害其他皇子,刘恒和母亲究竟如何逃脱灾难?

　　得到群臣举荐,刘恒被封代地。然代地贫寒,生活困苦,外有匈奴虎视眈眈,内有吕家一手遮天,内外交困之下,刘恒能否力挽狂澜,平稳渡过?

　　汉惠帝去世,吕后扶持年幼的皇子即位,自己独揽大权,大封诸吕,刘氏子孙接连遭难。性命堪忧,刘恒究竟要如何逃过这一劫?

　　公元前180年,吕后去世,局势大乱,刘吕两家争斗不休,刘氏宗族兴兵讨吕,年少力薄的刘恒究竟该怎么做呢?众人寄予厚望,推他为首,他又能否承担重任,救大汉于危亡呢?

目 录

第一章 生在帝王家，长于忧患中

　　时光荏苒，日月如梭。自我华夏大地从蛮荒迈入文明以后，历史缓慢地流淌了三千多年，期间奴隶制社会兴而趋衰，直到最后被封建制社会取代，历史又进入了一个新的发展期。到了公元前202年，秦朝灭亡以后，中国历史上第一个真正统一的王朝——汉朝建立了，它是由汉高祖刘邦经过多年征战建立的王朝，史称"西汉"，建都长安。而故事中的主角刘恒，便出生在这样的历史背景下……

第一节 神奇的出生

薄姬相面

公元前 202 年，汉王刘邦率领自己的部队，会同各路诸侯，与项羽的楚军在垓下展开了决战。经过激烈的战斗之后，项羽的军队大败，汉王刘邦命令自己的部队将项羽团团围住，半夜时分，兵士们一起高唱楚歌，使项羽陷入"四面楚歌"的境地。项羽的将士听到漫山遍野的楚歌声，思念起自己的家乡，纷纷四散而逃。项羽误以为楚地已经被汉军完全攻陷，于是弃兵败走，乌江自刎。至此，历时四年之久的楚汉之争，以汉王刘邦的胜利而告结束，刘邦也被各路诸侯和将相们共同尊为皇帝。

垓下古战场遗址

　　也就在这一年,一个阳光灿烂、微风和煦的下午,后宫里传来一声婴儿洪亮的啼哭,高祖的姬妾薄姬,为他生下了一个儿子。这个孩子长得脸色白皙、眉目清秀,举手投足之间颇显文静可爱。刘邦为这个孩子取名"恒",也许是期盼着自己的帝王江山永恒万世吧!若干年后的事实证明,刘恒没有辜负自己的这一名字,以常人难以想象的恒心和毅力,稳固并发展了刘氏江山,开创了为后世所称颂的"文景之治"。

　　在汉高祖刘邦的诸位皇子中,刘恒排行第四。大哥刘肥庶出,已经十多岁了;二哥刘盈是皇后吕氏所生,已经被正式册立为太子;三哥如意是高祖最宠幸的戚夫人所生,他是高祖最喜欢的儿子,高祖常常在人前夸赞如意"类己"。

　　出生在帝王之家的小刘恒,并没有引起父亲高祖的过多关注。人人都说"母以子为贵,母爱者子抱",而刘恒的母亲薄姬一直是刘邦众多姬妾中很不起眼的一位,她几乎见不到自己的丈夫刘邦,刘恒因此也难以见到自己的父亲,像一只缺乏父爱的羔羊,默默地依偎在母亲的怀里,母子俩深居后宫,寂寞度日。

　　薄姬能够进入汉宫,并能够得幸孕育皇子,还有一段颇为离奇的故事。

　　秦朝末年,群雄并起,天下大乱,薄姬的父亲和母亲各自离乡背井,外出逃难,乱世中两人相遇结合,生了一双儿女,本来以为可以相互辅助共度艰辛岁月,哪里想到,不久,父亲就意外地去世了,留下母亲一人带着一双儿女,艰辛度日。由于生活所迫,母亲只好带着他们回到自己的家乡魏地。此时正赶上魏豹刚刚自立为王,母亲于是把女儿薄姬献给了魏豹,希望女儿能够攀龙附凤,在王宫中取得一席之地,改善一家人窘迫的生活状况，过上安稳幸福的日子。

薄姬的母亲对于女儿可谓煞费苦心，入宫之前，她特地请来当时著名的星相家、相士许负为薄姬相面，这一相，相士许负先生惊讶地说："不得了，这位夫人日后会生下天子，成为人世间第一贵夫人。"

许负在当时非常有名，她的相术是公认的灵验。经过这次相面，薄姬和她的母亲都很高兴，认为自己日后一定有出头之日，攀龙附凤，富贵荣华。就连魏豹听说以后也信以为真，他想，薄姬能生天子，她是自己的姬妾，那么就是自己的儿子要做天子了，如此推断，那自己显然就是未来的天子。大喜过望的魏豹打起全副精神，准备在群雄争霸中成就霸业，实现未来的天子梦。

孕育皇子

事情的发展却出乎人们的意料。很快，汉王刘邦的军队攻打过来，小小的魏豹哪里抵挡得住，没交手几次就败下阵来，只好出城纳降。就这样，薄姬随同魏宫的诸位姬妾被带到汉宫去做役使的婢女，薄姬被分配去织布，做了一名织女。

这样看来，薄姬的命运似乎离"生天子，做第一贵夫人"越来越远了。她在织室里日夜忙碌，织出一匹又一匹华丽高贵的布匹，为当时的后宫佳丽们做出一件又一件漂亮的衣服。薄姬也许认为，生命就要在这样的忙碌中悄悄溜走了。可是，世事难料，有一天，汉王刘邦偶然来到织布的房间，发现几位女子相貌还算出众，就把她们召进后宫，充当自己的姬妾。就这样，薄姬又一次进入明争暗斗、危机四伏的后宫中去了。此时的她，也许又一次想起了相士许负的话，又一次看到了生活的希望在向自己微微招手。

汉王刘邦的后宫早已妻妾成群，结发妻子吕雉，是一位非常刚毅、很有智慧的女人，她与刘邦生有一儿一女。这时，刘邦喜欢的姬妾非常多，而其中又特别宠幸戚夫人。此时戚夫人正蠢蠢欲动，打算争夺皇后的位置，预立自己的儿子为太子。而性情温和，姿色并不超众的薄姬，虽然进入后宫，却在一年多的时间里，根本见不到当时的汉王刘邦。

但命运的轮盘始终会按照既定的轨迹运转。有一天，刘邦无意中听到他的两个姬妾在一起谈笑，原来这两个女人与薄姬同是魏宫姬妾，当初三人关系非常好，便有个约定，如果有谁先得到富贵和机遇，一定不要忘了其他的两个人。现在她们两人得宠于汉王，而薄姬根本见不到汉王，如今她们两人记起这件事，因此大肆嘲笑。

刘邦听了，没有理会这两位讥笑他人忘情负义的女人，却对这位可怜的薄姬颇为好奇，他想，这是个什么样的女人，默默无闻地等待着召见，却被自己的朋友嘲笑辱骂。于是，他在寝宫召见了这位单纯又可怜的女人。

薄姬恰巧在前一天夜里做了一个梦，她竟然梦到有一条苍龙盘卧于她的肚腹之上，久久不肯离去。一整天都在左思右想，对自己这个奇怪的梦百思不得其解的薄姬，听到刘邦召见自己，赶紧收拾一番去见刘邦，并告诉了他自己的这个梦。刘邦听了，觉得这个梦预示着富贵吉祥、龙脉昌盛，也十分高兴，就在薄姬那里留宿了一夜。谁知这一夜风流缱绻，孕子成龙，而这个孩子刘恒，日后真如一条巨龙，横空出世，继承了他的帝王基业，稳定了刘氏江山，推动了社会的发展和进步，成就了一番丰功伟绩。

　　有了这一次召见之后,刘邦仿佛又忘掉了薄姬,以后两人几乎没怎么见面。而这时,刘邦的后宫中正展开一场血雨腥风的争宠夺位之争。老练沉着的皇后吕雉,急于夺位受宠的戚夫人,还有那些争风吃醋的姬妾们,都在为自己的将来打算。而这时,温顺本分又不令皇上喜欢的薄姬偏偏因为这一次召见而怀上了龙子,她只有更加谨慎小心、低眉顺目地过日子。这样的生活,简直可以说如履薄冰!

第二节　残酷的后宫斗争

吕后的权势

薄姬终于顺利地产下了皇子,高祖皇帝为他取名"恒"。对他们母子来说,本应该放下心来过日子了,但是身处皇宫之中,百妾争宠,尔虞我诈,环境里充满了危险的因素,一不小心就会成为他人的俎上肉。聪明的薄姬早已看清了自己的地位、处境与周围的一切。

吕雉画像

此时贵为皇后的吕雉又是什么样的情况呢？皇后吕雉是高祖刘邦没有起兵抗秦,身分微贱时的结发妻子,两人可谓同生共死、患难与共。刘邦娶吕氏时,吕家比起刘邦家来,可谓富贵豪门,差距颇大。吕后的父亲因为家境富裕,养尊处优,在当地很有名望,后来因为仇人追杀,不得已避难到了沛地。在小小的沛县，听说来了一位有钱有势的富翁，那些有头有脸的人物莫不趋之若鹜，纷纷赶着去巴结攀附这位大人物。这时的刘邦，只不过是沛县的一个小亭长，而且由于平时喜欢结交朋友，挥霍无度，所以囊中羞涩，但他还是前去拜访。要知道，按当时的市井规矩，要去拜见吕公，非得一千钱不可！不过这次吕公并没有为难行为浪荡、不拘小节的刘邦，而是让下人直接把刘邦带进了客厅。刘邦大大咧咧地递上贺礼的帖子，上面写着"一万钱"。实际上，却一钱也没有。就这样，刘邦顺利地见到了在沛县人看来名声显赫、不可一世的吕公。哪曾想，吕公一见到刘邦，大为惊讶。原来，这位吕公喜欢相术，他一见刘邦，便觉得这人将来一定会贵不可言，于是他当机立断，决定把自己的女儿吕雉嫁给他。就是这一相，决定了吕雉的命运，把一个女子与血雨腥风的战争和变幻莫测的政治联系在一起。

吕雉以富家大小姐的身分嫁给地位微贱、家境一般的刘邦，而这位刘邦，婚后仍然混迹于市井，吃、喝、嫖、赌，真让人觉得不务正业，难成大气。可以想见，吕后嫁给刘邦的最初几年，既要侍奉公婆，抚育子女，还要做田地里的农事，吃了不少苦。

后来，刘邦斩白蛇而起义，战事不断，四处漂泊，根本无暇顾及妻子、儿女。这时的吕后更是辗转飘零，苦头吃尽。更可怕的是，到了后来，汉王刘邦与楚王项羽正式开战，争夺天下，吕雉和刘邦的父亲被楚军俘虏，一关就是两年零五个月！

吕后不仅吃了许多苦，而且为刘邦定夺天下，出了不少力。

首先，她的两个哥哥都是汉营里的将军，立下了不少战功，刘邦称帝后，吕后的长兄去世，封他的儿子吕台为郦侯，吕产为洨侯，二哥吕释之被封为建成侯。

　　其次,吕后本人,性格刚毅、智慧超人,绝非一般靠梳妆打扮、争艳斗丽获取男人心的女人可比。她在长期的战争当中,与众多开国将相们同甘共苦,并肩浴血奋斗,结下了深厚的情谊。

　　再有,吕后帮助刘邦,铲除异姓王韩信和彭越,显示了自己超人的智能和胆量,奠定了自己无与伦比的地位。韩信和彭越都是刘邦称帝后,分封地位较高的诸侯王,韩信被封齐地,为齐王;彭越被封梁地,为梁王。他们有精良的部队,足智多谋的臣僚,一旦发生政变,情况将非常危急。吕后在刘邦亲征代地,平叛陈豨造反之时,派丞相萧何秘密召见韩信。结果韩信进入长乐宫后,被吕后埋伏的将士一拥而上,抓了起来。吕后历数韩信罪责后,命人在长乐宫钟室把他当场斩首。彭越因为刘邦在代地作战,征召他却不肯前去效力,被皇帝刘邦废除王位,贬为庶人,发配蜀地。事有凑巧,吕后正好从长安出发,去洛阳,路上遇到了正被发配蜀地的彭越。彭越见到吕后,放声大哭,他为自己辩解道,不是不听皇帝的命令,实在是有病在身,不能前往效力,希望吕后能为自己做主,在皇上面前多多美言,开脱自己的罪行。彭越说,只要不发配蜀地,愿意回到自己的故土昌邑,做个平民百姓。这是彭越的计谋,他知道,狡兔死,走狗烹,飞鸟尽,良弓藏,只有离开皇帝身边,到遥远的封地,才能保住自己的性命。但吕后看透了彭越的心事,将计就计,很痛快地答应下来,带着彭越一起来到了洛阳。

　　所有的人都没有想到,就连皇帝刘邦也没有想到,吕后是怎么看待彭越这件事的,她对皇帝刘邦说:"彭越是一位有谋有略的有志之士,你今天把他放到蜀地去,天高皇帝远,不等于放虎归山吗?现在还不趁机杀了他,以除后患。我把他一起带回来了。"可是杀人也要名正言顺,有理有据。对吕后来说,这不是什么难事，吕后命人状告彭越，意图谋反，谋反当斩，天经地义。于是，廷尉王恬开密受皇后命，上奏道，彭越贵为诸侯王，深受皇帝信赖与尊重，不但不思报国，效忠朝廷，反而无法无天，胆敢谋反，鉴于其罪行之大、之重，应该灭其全族，斩草除根。就这样，吕后帮助刘邦，没费一兵一卒，铲除了两个隐患最大的异姓诸侯王，为刘氏江山的巩固和统一，立下了汗马功劳，也显露出吕氏心狠手辣、老谋深算的一面。

秦赵长平之战

吕后的儿子刘盈，是高祖刘邦的第二个儿子，此时已经立为太子，女儿被封为鲁元公主。看起来，与皇帝同甘共苦，经历了无数的苦难与艰辛，帮助皇帝打下天下，铲除异姓诸侯王，功不可没的吕后似乎没有什么可担忧的了。

戚夫人专宠

事实却不是这样，就在高祖还是汉王的时候，有一次征战路过定陶,遇到一名叫戚懿的女子,就把她纳入后宫,做了自己的姬妾。戚懿漂亮聪慧,刘邦非常喜欢她,而且戚懿也为刘邦生下一个儿子。这个儿子又特别讨刘邦喜欢,刘邦时常说起,他长得像自己,他的行为举止也像自己,所以为他取名"如意",可见对他的喜爱程度。

未央宫复原建筑图

戚懿很快升为夫人,在吕后被俘虏的那些日子里,她掌管着后宫的一切事务,加上刘邦对他们母子的宠爱,戚夫人过着幸福无比的甜蜜生活。

可是等到吕后归来,刘盈被立为太子,戚夫人才发现,自己不过是代理一时的"女主人",根本没有取得真正安全的地位,她预感到了自己的危机。天下初定,身为皇帝的刘邦不得不经常在外征战,消除那些残余势力,巩固自己的统治。这个时候,陪伴左右服侍他的戚夫人便利用这个机会,不断地在刘邦面前哭天抹泪,哭诉自己备受诸位姬妾妒忌,尤其是皇后吕氏,简直视她为眼中钉、肉中刺。一旦有一天吕后的儿子当了皇帝,她贵为太后,自己和儿子可就没有活路了!

戚夫人的担心也不是没有道理。她自以为得宠于高祖,早不把吕后放在眼里,不但不尊重吕后,还经常认为自己的地位要高于吕后。所以两人早已有了不可化解的矛盾和冲突。

戚夫人的哭闹,再加上刘邦自己对于儿子如意的偏爱,又觉得太子刘盈性格懦弱,缺乏君临天下的气魄,不像自己,于是也有心改立太子,传位给这位最像自己、最合自己心意的儿子。

现在的汉后宫中,真是刀光剑影,血雨腥风。不管是功高位极的皇后母子还是专宠于皇帝得势于一时的戚氏母子,随时都有危及生命的危险。再高贵的人,连自己的生命都无法保证,这就是权势对于人的威胁!

何况一个小小的薄姬!

薄姬选择了更加小心翼翼地生活,她在僻静的掖庭一角,默默无闻地过着自己的日子。由于再也无缘一见皇帝面,渐渐地,薄姬的心全都放在了儿子刘恒的身上。小小的刘恒,就在这样的环境里,渐渐长大。虽然身为皇子,却处处不受人关爱,不被人注意,孤孤单单地陪伴着自己的母亲,度过一个又一个寂寞而又充满着危险的日子。

这个时候,丞相萧何建成了未央宫。未央宫规模宏大,富丽堂皇,高祖刘邦和他的父亲以及众位妻子、儿女搬进了这座豪华无比的宫殿当中,小刘恒和自己的母亲也住进了未央宫一角。这个时候的刘恒也渐渐懂事。

在当时的后宫当中,姬妾们明争暗斗,而薄姬处处忍让。她没有因为生有皇子就争取更高的地位。要知道,当时的后宫,除了皇后,还有夫人等称谓,可是薄姬对此,自始至终没有提出过任何异议。她也没有巴结内宦外官为自己和儿子争取更多的东西。薄姬所做的一切,就是不管什么事情,总把自己放在最低的位置,不去跟她们争,更不敢去跟她们抢,她默默地抚育着儿子,一个人担负起抚养儿子的全部责任,儿子的吃、穿、用、玩,都是她一个人操持,亲自过问,亲手办理。也许她认为自己能有一个健康、懂事的儿子就是最大的福气,不知道这个时候的薄姬还有没有对许负的预言抱有幻想。

　　但是无论如何,上天总是怜悯这位善良、与世无争的女人。小刘恒没有辜负母亲的养育之恩,他一天一天地健康成长,越来越健壮,越来越聪明,他适应了自己生存的环境。刘恒看到母亲凡事都会忍让,他也学会了忍让;刘恒看到母亲生活节俭,也学会了节俭。并且在这种环境下,刘恒越来越懂事,他总是话语不多,却善于思索。可以说,正是这一非凡时期的生活,磨练了刘恒平和、冷静又深谙世事的性格。

白登山

　　大多数的日子里,刘恒都是跟母亲在深深的后宫里寂寞度日的,这给了刘恒充足的学习时间。刘邦是位马上皇帝,称帝以后，他以为自己是马上得天下，《诗经》、《书经》没有用处。而大臣陆贾说："马上得之，宁可以马上治乎？"于是刘邦命陆贾著书论述秦失天下之原因，以资借镜。他命萧何重新制定律令，命叔孙通制定礼仪，由此感知身为帝王的尊贵，开始尊崇儒学。因此刘恒也得以接触到各类书籍和当时世上的名人文士。小刘恒对诸子百家的学说都感兴趣，尤其推崇道家，也许道家的"无为，无所不为"正合乎当时刘恒母子的处境和小刘恒心中的远大志向。

第三节　战乱不断的环境

白登之围

小刘恒几乎见不到自己的父亲,一是由于宫廷斗争,薄姬低眉顺目,自甘寂寞,远远地躲着众人的视线,引不起高祖的注意。二是因为此时的刘邦正忙于平定各地诸侯,进一步巩固和强化自己的集权统治,无暇顾及后宫子女。

首先燕王臧荼造反,并且很快攻下代地,皇帝刘邦御驾亲征,经过一番苦战,终于打败了燕军,并且将燕王活捉。刘邦考虑到各地诸侯各怀心志,归顺是暂时的,早晚有一天,会走上谋反的道路,所以,他命令自己小时候的好朋友卢绾做了燕王,镇守燕地,以防不测。

接着,利几又造反。利几原来是楚王项羽的大将,因为项羽战败,所以投降了刘邦。由于利几总是怀疑刘邦不信任自己,在惊恐之下,铤而走险,走上谋反的道路。刘邦这位马上皇帝,一点也没有当回事,立刻亲自出征,平定叛乱。很快,利几战败,天下暂时恢复了平静。

到了第二年的冬天,匈奴又大举入侵,并且联合当时镇守北方的韩王信、前赵国的大将王黄立等,共同造反。高祖刘邦再次率军亲征。当时气候非常恶劣,天寒地冻,士兵们冻得手指头都掉了，根本无法作战。刘邦与自己的部队被困白登山，七天七夜，都没有办法突围，这就是历史上有名的"白登之围"。

高祖刘邦被困山中，眼看粮草殆尽，可是援军迟迟不到，心中焦急万分，他登上山顶，朝四下观望，希望能寻求脱险的办法。他看到到处都是匈奴的骑兵，排列有序，军容整齐，西方是白马，东方是青马，北方是黑马，南方是红马。刘邦这才明白，自己贸然出兵，轻视了敌人的力量，现在要想安然脱身，真是难如登天。

随从高祖刘邦出征的谋臣陈平，进来向刘邦献计说："陛下少安毋躁，我这几天通过观察，已经想出一条计策。"

高祖刘邦一听，非常高兴，他知道陈平足智多谋，一定会有好办法。

原来这几天陈平登山观望，看到匈奴单于经常骑马在营地外视察，而每次他的身边都会有一位美丽的女子作陪。陈平打听到，这个女子正是单于最喜欢的阏氏，也就是我们所说的皇后，陈平于是心生一计。他把自己的计策跟高祖刘邦一说，刘邦听了，马上同意，命令他火速办理。

陈平命人搜集了很多礼物，有金银也有珠宝，又找来一位擅长画画的兵士，命他精心绘制一幅绝世美人图。一切准备就绪，陈平从军中挑选出一名有胆有谋的将官，派他做使者。对他如此这般地交代之后，使者带着准备好的礼物和美人图，来到匈奴

冒顿单于像

的军营。

　　使者用金钱贿赂把守的匈奴卫士，要求单独见一见阏氏，阏氏因为受单于宠爱，在番营中很有权力，她听说汉使者要单独见自己，心想肯定有大事情，就将汉使者带到另一个营帐接见了他。

　　汉使者见到阏氏后，赶紧献上带来的珠宝金银，说道："这是我们皇上派我来送给您的。"

　　阏氏看见礼物，非常喜欢，她还从来没见过这么多昂贵华丽的珍宝呢！一件件抚摸着，爱不释手。使者见她高兴，转身拿过美人图，说："还有一幅画，烦请阏氏转交给单于。"

　　阏氏说："什么画要送给单于？"说着，打开图画，上面画的是一位美人儿。阏氏马上沉下脸，她问使者："送给单于一幅美人图，是什么意思？"她见图中的美人比自己更美，自然心生嫉妒。

　　使者见阏氏满含妒意，知道她已经中了圈套，立刻恭敬地回答说："是这样的，汉皇被困白登山，都是由于听信韩王信的挑拨，现在汉皇知道了事情的来龙去脉，很愿意罢兵修好，所以派我给阏氏送来礼物，希望阏氏能为汉皇在单于面前美言。还有，汉皇害怕单于不答应，就准备把国中的第一美人献给单于，现在这个女子不在军中，所以先把她的画像呈上。"

　　阏氏扔下图画，有些生气地说："这个用不着，拿回去吧！"

　　使者赶紧说："汉皇也觉得把美女献给单于，对您不利，怕她将来夺了单于对您的宠爱。可是我们被困无奈，只好这么做，如果您能解得了我们的围，我们自然不会把美人献给单于，而且我们还会给您多送珍宝的。"

　　阏氏想了想，觉得使者说的话很有道理，就对他说："你回去转告汉皇，叫他放心好了。"说完把画还给使者，叫他回去了。

阏氏回营后，觉得事情要尽快办理，否则美人送来以后，自己再想阻拦就来不及了。她立刻派人请来了单于。

单于回到营帐，看到阏氏双眉紧锁，满脸愁容，不安地问："美人，你怎么啦?"阏氏来到单于身边，满怀忧愁地说："臣妾听说，两主不相围，现在汉朝皇帝已经被我们围在山上好几天了，汉人怎么能不着急，他们必定拼死来救，到时候就算我们打败汉人，夺取了他们的土地，恐怕我们习惯游牧的民族，也无法在那里长期居住。万一我们消灭不了汉朝皇帝，救兵一到，内外夹击，我们就很危险了。"

阏氏说着泪水流下来，单于听她这么说，也有些犹豫，问道："那怎么办呢?"

阏氏说："汉军被围困七天，却没有丝毫慌乱的迹象，看来必定有神灵在暗中护佑他们，我们又何必违背天意呢？与其把他们赶尽杀绝，不如放他们一条生路。这样一来，两国就不会结下仇恨，我们也可以避免灾难降临。"

单于听了阏氏的话，又考虑到自己孤军深入，时间久了必生异端，第二天，他就让部队让开一条路，放高祖刘邦出去了。

高祖刘邦从北方返回后，又接着扫除了淮阴侯韩信的残余势力，路过柏人时，越国的丞相贯高等合谋，准备弑杀刘邦。刘邦非常警觉，察觉出情势有变化，便带领自己的人马，匆忙离去，脱离了危险。

刘邦并没有停下剿灭异己的战斗。他废除了各地异姓诸侯王的封号，把他们降为侯，有的干脆杀掉，解除以后的麻烦。而且还把各地的名门望族、有势力的人集中到关中来，实际上等于把他们软禁起来,不给他们谋反的机会。

代地再起战乱

就在刘恒七岁那一年,汉王朝的代地又出现了麻烦。与它相邻的赵国,有一名丞相叫陈豨,此时在代地造反。因为代地地处偏远,又与匈奴接壤,所以一旦有战事,情况就非常危急。刘邦称帝以来,那个地方已经接二连三发生过叛乱。

张良像

恰巧刘邦病了,他打算派太子前去征讨,可是吕后不敢让自己的儿子去冒险。代地环境恶劣,造反的陈豨等人又是有多年作战经验的虎将,让羸弱的太子前去征讨,不等于羊入虎口吗?就算保住性命,可是如果无功而返,对太子来说,不也是灾难的开始吗?这时的储位相争正如火如荼,太子本来就不被皇帝父亲看好,这一去,什么功劳也没有,不正好给皇帝和戚夫人改立太子的借口吗?

吕后一面哭哭啼啼哀求皇上,一面指使张良等王公大臣,面谏皇帝,陈述太子出兵百弊而无一利。

皇帝虽然不愿意,看到自己的妻子又哭又叫,大臣们也喋喋不休,只好扫兴地谴责了太子一句"不成器",就带病去讨伐逆贼去了。

张良又为皇帝献计，命令太子为将军，监管关中兵马，这样一来，一旦事有突变，也好有个照应。皇帝采纳了张良的意见，并且让张良辅佐太子。

皇帝刘邦赶到代地，观察了一下陈豨的排兵布阵，很轻松地说："陈豨不知道占据邯郸，阻断漳水，真是个无能之辈。"又打听到，陈豨的大将原来都是生意人，就派人给他们送去了很多金银珠宝，这些商人出身的将军，见利忘义，纷纷放下武器，投靠了刘邦，就这样，陈豨的部队很快瓦解。

太尉周勃率领大军乘势攻入代地，消灭了陈豨，再一次平息了代地的叛乱。

第四节　册封为王

刘恒勇对萧相国

前面说过,由于特殊的地理位置和人文环境,以及军事战略上的重要地位,汉王朝历朝历代都非常重视代地。刘邦曾经先后派遣自己小时候的好友卢绾和自己的二哥刘仲前去镇守,封他们为诸侯王。可是这两个人一个叛逆,一个私自逃走,到现在一大片国土竟然成了无主之地!

萧何像

于是,这成了摆在刘邦面前的一个大难题:派一般的人去镇守,很容易叛乱;派自己家的人去,又吃不了苦,难以担当重任。找一个符合自己心愿的人去镇守代地,成了他常常思虑的事情。

就在刘邦左右为难之际,他的开国丞相萧何想起一个人来。他就是刘邦的第四个儿子——刘恒。

原来,由于爱好读书,善

于学习，又不喜欢张扬，小刘恒在后宫中渐渐有了一些好的名声。兄弟们都喜欢跟他一起玩，逗鸟捉虫，其乐融融。他不但聪明又性情温和、宽容大度、忍让守礼，从不跟兄弟们争短斗长，撩拨是非，深得兄弟们信任。

有一次，六家一起在玩耍，不知不觉跑到了大臣们议事的宫门外，小孩子嘛，玩起来什么都忘了。这样的地方，是不允许有人随意走动的，喧闹声惊动了里面议事的大臣，他们出来一看，是几位皇子，于是和颜悦色地请他们离开。刘恒一向谨慎惯了，也劝说兄弟们离开，可是其他几位皇子并不吃这一套，他们认为自己是皇子，这里就是自己的家，有什么要回避的。

事情正在僵持着，丞相萧何走了出来，他正在主持律令的制定工作，想了想，故意对几位皇子说："这样的地方是不允许随意走动的，你们擅自在这里玩耍，就不怕守卫人员把你们抓起来治罪吗？"萧何是奉皇帝之命制定律令的人，皇子们听他这么说，开始胆怯起来，你看看我，我看看你，准备离去。这个时候，一直沉默寡言的刘恒站了出来，他很有礼貌地走到丞相面前，认认真真地说道："守卫只抓犯罪的人，不会抓我们玩耍的小孩子。"萧何听了，觉得这个孩子不同一般，就说："守卫怎么分得清你们是玩耍还是有意捣乱，他们只是执行法令。"刘恒一听，立即说道："如果这样执行法令，不就冤枉好人了吗？"萧何又跟刘恒交谈几句，结果发现小刘恒温文尔雅、学识广博，对待事情很有自己的见地，给他留下了深深的印象。

仁孝有名封代王

打听之下，萧何发现刘恒还有一件事情为人所称道，这就是他对母亲的孝顺。刘恒每次出去玩耍,都会跟母亲说一声,而每次回来,也必定先去给母亲问安,害怕母亲为自己担忧。母亲吩咐的每一件事情,他都会认真去做,使母亲放心又省心。

虽然生活在豪华又庞大的帝王之家,可是对于刘恒母子,可以用"相依为命"来形容。每当看到母亲不高兴的时候,刘恒总是千方百计来安慰她,一旦母亲的身体有所不适,刘恒更是焦急万分。

有一天早晨,刘恒给母亲请安的时候,发现母亲的脸色有些苍白,便着急地问:"母亲,您是不是病了?"薄姬常年处在后宫,没有丈夫对自己的一丁点爱怜,还要时时防备众多姬妾的明争暗斗,又要保护和抚育自己的儿子,确实有些身心疲惫。刘恒急忙派人召来太医,太医为薄姬做了诊视后,给她开了药方,让她服药治病。刘恒在旁边,一边观察太医诊病,一边仔细地观看母亲的脸色。太医奇怪地问:"难道王子你也懂医学吗?"刘恒回答道:"我不懂,我只是担心母亲的病情。"

拿回药以后,煎药的工作自然由宫女们去做,可是不知什么原因,等到薄姬服药的时候,药还没有煎!是由于懒惰还是有其他隐情?刘恒很是忧心。虽然都在后宫,虽然都是皇子,可是待遇是很不公平的。其他的姬妾可以享用的东西,薄姬母子没有;其他皇子随心所欲地享受自己的特殊地位带来的优越感,刘恒也不敢轻易表露。当时在宫里侍候他们母子的宫女们,也不尽心尽力地照顾他们,有时候还有意无意地怠慢刁难这两位不甚引人注意的母子。

刘恒看到母亲的药没有煎好,非常着急,正想责备负责煎药的宫女,却被母亲制止了。薄姬说,不是什么大病,早一点吃药,晚一点吃药都没有关系。

刘恒听从母亲的劝说，静静地守候在母亲身边，一直等待着宫女把药煎好。当宫女把煎好的药端上来，用小勺把第一口药送到薄姬嘴边，准备为她服药时，由于汤药刚刚煎好，薄姬被烫得哆嗦了一下。刘恒看在眼里，立刻从宫女手中接过药碗，自己亲自喂母亲服药，然后让宫女去做其他的事情。

刘恒轻轻地用汤匙舀起汤药，放到嘴边，慢慢品尝一下，觉得汤药不烫了，再喂母亲服下。每一口汤药，他都先亲自尝一尝，先知冷热，才放心让母亲服用。

等到服下一碗药，薄姬高兴地说："就看你的这份孝心，母亲的病也好了。"

刘恒却说："儿子生病的时候，母亲不也是这样照顾我的吗？"

等刘恒长大以后，对待母亲，也是仁孝备至，不管是在代地做代王，还是后来做皇帝，始终都是竭力奉养，没有丝毫怠慢。他曾经三年如一日地侍奉自己有病的母亲，衣不解带，亲尝汤药，孝行传遍天下，被世人奉为楷模。后人写的《二十四孝》中，他名列第二，为他孝治天下提供了最有说服力的保证。

刘恒因为博学仁孝，小小年纪，已经有了一定的名声。萧何想起刘恒与自己的一次谈话，觉得这个孩子虽然外表文弱含蓄，内心却存着正义勇气，浑身透着一股沉稳刚毅、凛然不可侵犯的大家风范，不是一般孩子可以比拟的，为此他认为刘恒是不可多得的将帅之才，决定力荐刘恒去做代地之王。

萧何经过精心准备，连同三十二位大臣一起上奏皇帝，请求立刘恒为代王。对于儿子刘恒，刘邦虽然没有过多地关注过，可

二十四孝浮雕

是毕竟是自己的儿子,做一名诸侯王,也是理所当然的事情。况
且有这么多大臣保荐,想来不会错,于是他很快颁下了诏令。就
这样,七岁的刘恒,在三十二位大臣的保荐之下,被封为代王,都
城设在晋阳。从此,开始了他的帝王生涯。

第二章 吕后擅专权，少儿存大志

刘恒得到众臣保荐，被父亲刘邦封为代王。此时的汉宫内，储位争夺如火如荼，异常激烈，皇后吕雉和戚夫人明争暗斗，互不相让，刘恒的母亲薄姬认清了形势，谨小慎微地保护着儿子。尽管如此，刘邦去世，吕后专权，诸多皇子们的命运发生了重大改变，刘如意被害身亡，戚夫人被残为人彘，诸皇妃被囚禁，诸皇子被遣散，刘恒和他的母亲能逃脱灾难吗？

第一节　废立太子风波

第一次废立之争

浩浩未央宫，绵延数里远，北有玄武门，东有苍龙门，两门高大雄壮，达三十多丈，未央宫内，宫殿亭台，一座连着一座，别致华丽，规模辉煌壮观。

唐朝时，刘沧曾经作《望未央宫》一诗，诗中写道：

西上秦原见未央，山岚川色晚苍苍。

云楼欲动入青渭，鸳瓦如飞出绿杨。

舞席歌尘空岁月，宫花春草满池塘。

香风吹落天人语，彩凤五云朝汉皇。

当初，未央宫刚刚建成，高祖刘邦视察后，曾经因为宫殿的豪华奢侈，责备过负责建造的丞相萧何，他说："天下匈匈苦战数岁，成败未可知，是何治宫室过度也？"但萧何不这么认为，他回答道："天下方未定，故可因遂就宫室。且夫天子以四海为家，非壮丽无以重威，且无令后世有以加也。"正是由于天下未定，人心不安，所以才修筑这么庞大的宫室，藉以震慑天下，树立天子之威！

未央宫复原建筑图

高祖刘邦和他的诸位姬妾、子女,就住在威严奢华的未央宫内,此时,后宫储位之争越来越激烈,吕后和戚夫人两个人明争暗斗,互不相让。

有一天,高祖刘邦来到戚夫人的宫里,看见戚夫人正在偷偷哭泣,刘邦明白戚夫人仍然为儿子的事放不下心,于是安慰她:"废立太子是件大事情,我们要从长计议。"

戚夫人转过脸去看着刘邦,忧心忡忡地说:"陛下宠我这么多年,我还能不明白陛下的苦心吗?我只是伤心,等到陛下百年之后,你最喜欢的妻儿却要死于非命,不得善终。"

刘邦听罢此言,也悲从中来,他想了想,果断地对戚夫人说:"你不要再担心忧虑了,明天早朝,我就下诏废太子,立如意为新太子。"

戚夫人见高祖终于下了决心,非常高兴,欢欢喜喜地侍奉高祖。

第二天，高祖上朝后，果真对群臣提出废立太子一事，众臣听了都大吃一惊，废立太子可不是小事，关系到国家社稷之根本，众人慌忙跪到地上，纷纷向高祖陈述废长立幼不可取。

高祖刘邦意欲废立太子，一是考虑到戚夫人母子安危，其次他确实觉得如意聪明果断，很有谋略，能继承大业，而太子刘盈，自小懦弱，做事优柔寡断，他母亲吕后又为人刚

未央宫遗址

毅，一旦他继承帝业，大权必然会落到吕后手中。高祖刘邦见众臣一致反对废立太子，就大声责问他们道："既然你们认为不可以，那么你们说说为什么不可以。"

众人面面相觑，不知道如何作答，这时，御史大夫周昌站了出来，他由于说话口吃，急得满脸通红，来回摇晃脑袋，好一阵才说出几句话："我就就——就是知道不可以，陛下要废太子，我就就——就是不能听你的命令。"

周昌为人正直，曾经屡次直谏高祖，被满朝文武视为诤臣，大家见他说话这么费力，还力陈己见，都暗暗为他叫好加油，也不由得随着他一起摇头晃脑。

坐在殿上的刘邦，看看殿下的文武百官，一个个摇来晃去，忍不住哈哈大笑起来。众人见高祖笑起来，也跟着一起大笑。

哄堂大笑之余,刘邦只好道:"以后再说吧! 先退朝。"

这次殿上的废立之争,马上传到吕后的耳朵里,她立刻派人请来周昌,亲自迎到宫门外,把周昌请进自己宫内。吕后见到周昌后,屈膝下跪,感激他力保太子之恩。周昌却义正严辞地说:"我就就——就是为公不为私,请皇后起身。"周昌如此耿直,吕后也不便再说什么。

戚夫人知道废立之事未成,不免大失所望,又哭泣着请求高祖:"我也不是非要让自己的儿子做太子,只是时至今日,希望陛下能够想个办法保全我们母子的性命。"刘邦只得安慰她说:"放心吧! 我正在想办法呢!"

第二次废立之争

就在高祖为废立太子之事,忧烦不已的时候,淮南王英布又谋反了。已经六十岁的高祖再次御驾亲征,这也是征战半生的刘邦,最后一次指挥战斗。战争非常激烈,刘邦在战争中不幸被箭射伤。这次伤势严重,刘邦只能匆匆赶回长安,请人诊治,细心调养,戚夫人日夜服侍在高祖身边,喂水服药,殷勤备至。

高祖刘邦觉得自己的病情越来越严重,他担心自己的时日不多,想赶紧颁诏废立太子。于是将重要大臣召进后宫,再次与他们商量废立一事,大臣们仍然不同意高祖的这个决定,他们推举张良进谏高祖不要再做废立的打算。

张良历来受高祖尊重,平时进言,高祖大多能够采纳。而今天张良跪在高祖面前,侃侃而谈,可是高祖躺在床上,连眼睛都不睁一睁,好像睡着了。局面一时僵持不下,空气仿佛凝固了一般。

高祖见诸位大臣不再言语，心中暗暗高兴，他赶紧坐起来，说道："如果你们没有别的意见，就这么决定吧！"

高祖刘邦刚刚说完，就见太傅叔孙通快步走到高祖面前，他说道："废立太子，自古以来有过好几个例子。晋献公因为宠幸骊姬，废了太子，结果造成国家大乱，为世人嗤笑；秦始皇不早早地立长子扶苏，后来被赵高趁机诈立胡亥，使秦朝历经二世就被推翻。这些事情，难道陛下没有亲眼看到吗？现在的太子仁厚孝顺，他有什么过错，非要将他废除？如果陛下一意孤行，一定要废长立幼，我没有什么好说的了，我这就死在您的面前。"叔孙通说着，拔出佩剑就要自刎。

商山四皓

高祖连忙制止叔孙通："爱卿且慢动手。我也是说着玩的，你不要太认真。"

叔孙通说："这样的大事陛下怎么能说着玩呢？请陛下以后不要再戏言太子事。"

至此,高祖刘邦两次打算废立太子,都因为大臣力谏而没有成功,也因为这两次废立之事,吕后和戚夫人由情敌转变为政敌,冲突更加激烈,彼此更加仇视。

后来,吕后听从张良的计策,请来商山四皓辅佐太子。所谓"商山四皓"就是商山之中的四位隐士,名叫东园公、绮里季、夏黄公、甪里。这四位饱学之士先后为避秦乱而结茅山林。商山在今陕西省,山林幽美,云霞缭绕,地势非常险峻,是一个隐居的好地方。高祖刘邦曾几次请他们出山共扶社稷,可是他们因为高祖轻视儒士,避而不见。太子在张良的指引下,备足厚礼,又亲自前去,终于请得四皓出山辅佐自己。

刘邦在最后的日子里,召见太子刘盈,他看到商山四皓侍奉太子左右,尽心尽力,顿时明白,太子的势力已经非常稳固,很难动摇,并非自己想废就能废,想立就能立了,于是彻底死了废立之心。他在临死前,为戚夫人母子做了最后的安排,命令耿直的御史大夫周昌做赵王如意的丞相,辅佐、保护如意回到自己的封地赵国,另外,他担心吕后专权后,会危及刘氏天下,便杀白马,与几位重臣歃血为盟:

非刘氏王者,天下共击之。

一场相持日久的储位之争就此结束。

第二节　吕后专权

遣散众皇子

公元前 195 年春，高祖刘邦去世，太子刘盈顺利继承帝位，年仅十六岁，他的母亲吕后被尊为皇太后。吕太后在儿子做了皇帝以后，成了未央宫内至高无上的主人。而戚夫人母子、薄姬母子以及其他姬妾子女的命运也都掌握在这个女人的手中。

刘邦一共有八个儿子，刘盈做了皇帝，其他七个儿子已经在先帝在位时各自册封为王，赵王如意、齐王刘肥各自去了封国，其他的几个分别是代王刘恒、梁王刘恢、淮阳王刘友、淮南王刘长、燕王刘建，年龄尚小，还留在未央宫内，没有去自己的封国。

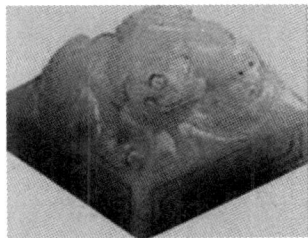

吕后玉玺

一天，吕太后在未央宫内散步，听到一阵嬉闹声，她顺着声音走过去，看到儿子刘盈跟其他几位皇子在一起下棋玩耍。他们围成一圈，你说我吵，玩得正开心。吕太后连忙上前，大声训斥几位皇子："你们怎么在皇帝面前这么肆无忌惮？皇帝是君，你们是臣，不能这样跟皇帝随意玩耍。"

几个小皇子平时就畏惧吕太后，听她这么一说，赶紧跑走了，剩下刘盈一人孤零零站在那里，他转过身对母亲说："我们是兄弟，在一起玩耍有什么不可以的。"说完，也气呼呼地走了。

吕太后望着儿子远去的背影，沉思良久，转回宫中，她立即下旨，命令诸位皇子不论年龄大小，一律回到自己的封地去，但是不允许皇子的母亲随他们一起前往。

刘盈听说母亲要把自己的众位小兄弟赶出未央宫，跑到太后面前争辩道："他们年龄还小，过几年去封地也不晚。"

吕太后训斥一句："你懂什么？"就不理刘盈了。

薄姬听说太后让各皇子回到封地，又不允许母亲前往，非常伤心，想一想，儿子只有八岁，从小到大，没有离开过自己，一人到边远的代地生活，怎么不让自己担心呢？

刘恒看出母亲的担忧，安慰母亲道："母亲，您就放心吧！我已经八岁了，会照顾自己。再说，宫内有婢女、监官服侍，出外有大臣、将相辅佐，有什么可担心的呢？"

母亲看看懂事的刘恒，也只好点点头，她知道现在的后宫事务由吕太后一人说了算，尽管自己在后宫当中，一向都小心谨慎，没有一次顶撞过太后，但未来如何，只能听天由命。

其他皇子的母亲都不甘心，纷纷来找吕太后，希望她能开恩，允许皇子能够和母亲一起去封地。她们哪里知道太后还有其他的打算，她准备打发走皇子后，再对诸位姬妾展开报复。太后心想：先帝在的时候，你们争宠夺爱，全不把我放在眼里，现在我主持内政事务，谁敢不听我的？于是太后下旨，把所有受先帝宠幸的姬妾关起来，不准她们随意出入。

刘恒来到太后宫内，准备辞别嫡母皇太后，远赴代地。太后看看刘恒，问道："你怎么不请求你母亲与你一同去封地呢?"

刘恒从容答道："我只是听从太后的命令，不敢擅自做主。"

太后听了满意地说："还是你懂事，这样吧，让你母亲来见我。"

薄姬的为人，太后很清楚，她安分守己，从不争强好胜，对太后毕恭毕敬，没有一点越礼的行为，先帝在的时候，也一直不讨先帝喜欢，薄姬在深深后宫内，见到先帝的次数屈指可数。这样的一个女人，也够可怜的，大可不必把她放在心上跟她争长斗短。太后决定，让薄姬陪同儿子刘恒一起去封地。刘恒母子得到这一准许，喜出望外，谢过太后，匆匆忙忙离开未央宫，踏上了远去的征程。

毒死赵王刘如意

众位皇子离开以后，吕太后立刻实施她的下一步计划，加紧迫害曾经受过先帝宠爱的姬妾。她平生最恨的就是戚夫人，她想：你凭着年轻漂亮、先帝宠爱，就不把我放在眼里，这倒也罢，竟然以为自己的儿子聪明，先帝喜欢，三番两次撺掇着先帝废立太子，这不是摆明要置我们母子于死地吗？吕太后越想越生气，于是命人剪去戚夫人的头发，给她穿上粗布黑衣，还在她的脖子上戴一个大大的铁圈，把她赶到永巷当中，让她整日舂米做劳役。可怜戚夫人，曾经受尽宠爱，享尽荣华，先帝在时自己是多么风光！转眼间，人去物非，竟然落到了这步田地。

戚夫人每天不停地干活，边干活边想起自己逝去的美好日子，边想起远在赵国的儿子如意，她不由得随口唱道：

子为王，母为奴，

终日宠薄暮，常与死为伍！

相离三千里，当谁使告汝！

汉惠帝刘盈像

儿子是王，母亲是奴，母子远离数千里，儿子呀，你可知道你的母亲每天都面对死亡吗？可是怎么样才能让你知道这一切呢？

歌声很快传到吕太后的耳朵里，她一听勃然大怒："什么！还想依靠儿子？以为儿子为王就了不起吗？我现在就除掉他。"

戚夫人没想到的是，自己的哀怨加速了他们母子的死亡。吕太后立刻派人到赵国，召赵王如意入朝。

御史大夫周昌早已经听说后宫发生的事情，也知道朝政大权被太后掌握，他明白，召赵王如意入朝，必定遇害。他毫不含糊地对来使说，太后已经囚禁戚夫人，现在又召赵王回去，肯定不怀好意，他让来使回去禀告太后，赵王病了，不能回去。

太后一连三次下诏，都被周昌顶了回来。周昌曾经力保太子，有恩于太后，太后思来想去，想出一条调虎离山的计策，她先下令召周昌回朝，周昌接到命令只得离开赵国，自己一人回到长安。周昌前脚离开赵国，太后的使者后脚到了赵国，再次召赵王如意入朝。

赵王没有周昌的保护，只好奉诏回京。

惠帝刘盈素来仁厚，与诸位兄弟关系都不错，他看到宫中发生的一切，知道太后召赵王回来，一定凶多吉少，便决定尽力保护自己的弟弟——赵王如意。于是他亲自出宫，到霸上迎接赵王，并把赵王安排在自己的宫内，两人吃住都在一起。

太后看到儿子刘盈如此保护赵王，非常气愤，她派人时时刻刻监视赵王，一旦有时机，立刻对他下手。

这天终于来到了，早上惠帝刘盈出去打猎，他起来后，看到赵王睡得正香，不忍心把他喊醒，自己带着人出去了。

对太后来说，这是难得的好机会，她马上命令心腹卫士，带着毒酒去毒杀赵王。卫士径直闯入寝宫，将酒放到桌上，对赵王说："这是太后赐给大王的酒，请大王赶紧服用。"

赵王自从回到皇宫，几次提出看望自己的母亲都没有得到允许，皇帝刘盈又处处保护自己，他已经察觉出周围的危险，面对太后的赐酒，又不能拒绝，这可如何是好？如意情急之下，忽然心生一计，他对卫士们说："皇兄出去的时候，嘱咐过不许我饮酒，你们先回去吧！皇兄回来了，我请示他后，再饮也不迟。"如意确实聪明，他想你们总不能不听皇帝的命令吧，等皇兄一回来，我的性命可就保住了。

几个卫士那里听得进这些话，他们从太后那里得到的是死命令，太后说了，如果赵王不死，你们几个也别来见我了。卫士们相互对视一眼，扑上去把赵王摁倒在地，撬开嘴，将一杯毒酒硬生生地给他灌下去，随后转身离去。

惠帝刘盈打了一会儿猎，心中仍然挂念赵王，就匆匆回来了。他回到宫中一看，大吃一惊，赵王如意仰在床上，七窍流血，已经死去了。可怜的赵王如意年仅十四岁，就这样被毒死了，后来他被追谥为隐王，意思是他的聪明才智没有来得及施展。

如意死后，太后非常高兴，她急于把这个消息告诉自己的仇人——如意的母亲戚夫人。这天，她亲自来到永巷，对衣衫褴褛的戚夫人说："你不是盼着你儿子回来吗？我告诉你，他回来了。"

戚夫人听到儿子回来，又见太后这么高兴，顿时预感到了危险，她急切地问道："你把我的儿子怎么啦？"

"哼，"太后冷冷一笑，"他死了。"

真如五雷轰顶，戚夫人唯一的一丝挂念与希望都没有了，她摇晃几下，朝墙上撞去，希望一死了之。太后急忙命身边的人拦住戚夫人，她恶狠狠地说："想这样死去，不是太便宜你了吗。"

后来，戚夫人日夜咒骂太后，太后便命人挖去她的双眼，熏聋她的双耳，又用药灌哑她的喉咙，还砍去她的四肢，把她扔进厕所里，喊做"人彘"，残忍程度目不忍睹。

惠帝刘盈在赵王如意死后，一直非常伤心，对母亲颇有怨言。太后为了让儿子死心，也想让他认识到政治的残酷，便带他去观看"人彘"。惠帝刘盈见到废为"人彘"的戚夫人，当年的如花美眷却成了今天人不像人、鬼不像鬼的模样，被吓得目瞪口呆，精神失常，从此以后，经常一会儿哭，一会儿笑，无法上朝理事。《史记》上记载，惠帝刘盈使人请太后曰："此非人所为。臣为太后子，终不能治天下。"从此吕太后一人独掌朝政。

第三节　北渡黄河

　　刘恒与母亲薄姬离开长安，一路北行，随从他们前去的还有舅父薄昭，以及不多的宫女、太监。漫漫北行路，尘沙乱飞扬，生在帝王家的刘恒，能受得了路途的颠簸，吃得了这份苦吗？

　　车轮滚滚，很快驶出了长安城，刘恒第一次离开宫门，来到外面广大的天地之间，看到什么都觉得新奇。他坐在车辆中间，向外观望，当时正是秋季，广袤的田间，庄稼成熟，百姓们挥镰收割，忙得热火朝天。

　　毕竟只是八岁的孩子，刘恒从来没有见过这样的劳动场面，当然产生好奇心，他在车上坐不住了，只想跑下去玩耍。母亲薄姬拦住他："我们要到代地，路途遥远，不是一天两天就能到达，如果耽误行程，我们怎么向太后交代？"薄姬对于太后恩准自己和儿子一起远赴边疆，充满了感激之情。在以后的岁月里，薄姬一直非常尊敬太后，就是儿子刘恒做了皇帝，她也没有因为儿子得势，对吕太后有丝毫的诋毁怠慢之意。正是薄姬这宽厚的胸襟，对待荣辱得失不骄不躁的做法，深深地影响了刘恒，使他幼小的心灵懂得了忍让，学会了宽容。

　　转眼间，刘恒的车辆来到黄河岸边，此时人们正忙于劳作，河上摆渡的船只很少。刘恒一行人只好在一家旅舍住宿等待船只。

刘恒侍奉母亲休息后，缠着舅父薄昭，让他带自己出去看看。薄昭说："这里有什么好看的，我们在繁华的长安什么没有见过，还是赶紧休息吧！"刘恒却不这么认为："这里也是我大汉的江山，我身为皇家子孙，当然应该了解各地的情况，长大了才能为治理国家出谋划策呀！"

薄昭知道自己的外甥喜欢读书，文才武略，都有所通，听他这么一说，心中忽然一动，这个孩子还有如此大的抱负呢！于是他带着刘恒来到街上，街上来往的行人并不多，偶尔才能看到一两个挑担的人走过。汉朝初年，经过多年的战争，生产遭到破坏，人口数量急剧减少，各地人们的生活还没有走上正轨。

刘恒在大街上漫无目的地闲逛，忽然，一个穿着破烂、步履蹒跚的老人朝着他走过来。舅父薄昭赶紧上前拦住老人，问道："你要做什么？"老人被身强力壮的薄昭吓了一跳，他颤巍巍地说："我要到河北去。"

"老人家，你也要到河北?"刘恒走上前，客气地对老人说。

"是啊！我女儿在河北。"

"我也要去河北，"刘恒跟老人攀谈起来，"现在没有船只。"

"有船又怎么样?"老人叹口气，"没有坐船的钱。"

刘恒一听，对老人说："这样吧！你明天跟我一起走。"

薄昭担心外甥的安全，并不同意他的做法，在这陌生荒僻之地，万一遇到强盗谋害可怎么办？

刘恒没有理会舅父的担忧，他说："一个孤苦老人，有什么可担心的?"

老人跟刘恒说，自己的女儿在几年前的战乱中走失了，多年没有消息，最近一段时间，很多在战乱中散失的人陆续回到家乡，老人经过多方打听，听人说在河北见到自己的女儿，于是匆忙收割完庄稼，就踏上了北上寻女的路。可是老人来了几天，因为费用不足，始终没有过得了黄河。

刘恒和舅父薄昭带着老人回到旅舍，安排他吃住。老人感激涕零地说："遇到贵人了，遇到贵人了。"

第二天天一亮，随从人员找来船家，他们准备登船渡河。刘恒来到河边，看着黄河水浩浩荡荡，奔流不息，横穿大地之上，宛如一条巨龙飞腾在云端天国。

踏上渡船，刘恒一行朝着远在北方的封地继续前行，他也许没有想到，这一次离开长安，踏入河北，一去就是十几年，十几年后，当他再次渡过黄河，回到长安时，已经成为仁德闻于世、胆略超众人的一代年轻君主。

他们乘风破浪，渡过激流澎湃的黄河。这个时候，跟他们一起过河的老人，才知道这位小小年纪的公子，竟然是先皇的儿子,当今陛下的弟弟,代地的诸侯王。老人跪在地上,对着刘恒一个劲地磕头。刘恒赶紧扶起老人,说:"不要谢我了,去找你的女儿吧! 她一定也急着见到你呢!"

晋阳古建筑

望着老人远去的背影,刘恒感叹道:"圣人说得好啊!'国家安定,人们才能安居乐业。'"后来,刘恒为王为帝的日子里,一直尽力避免战争,努力鼓励人们发展生产,使人们的生活得到改善,过着安宁幸福的日子。

第四节　远走他乡

来到晋阳

刘恒的车乘一路前行，很快就穿过赵国，代国遥遥在望了。这个时候，拉车的黑马突然昂首嘶鸣，它也许在大声宣布：到我的属国了。

刘恒站在车上，放眼四望自己的国土，千里田野，物少人稀，路边的树高草深，房舍茅屋稀稀落落夹杂其间。他不由得想起人烟稠密、宫殿林立、物产丰富的都城长安，两地真是天壤之别啊！刘恒的情绪有些低沉，在这片陌生的国土上，自己将怎么样去生活，又将怎么样统治臣民，让国家富强起来呢？刘恒记起先帝在世的时候，荣归故里，曾经作《大风歌》：

　　　　大风起兮云飞扬，
　　　　威加海内兮归故乡，
　　　　安得猛士兮守四方。

风起云飞，天下大乱，先帝平定天下，威加海内，终于创建了大汉江山，但是，守卫国家的猛士又在哪里呢？谁能来巩固江山，把大汉朝发展壮大呢？此时的刘恒，对《大风歌》、对先帝的忧虑突然间有了更深刻的理解。

代国的都城设在晋阳。从战国时起,北方地区一条西南—东北走向的农牧分界线自然形成。《史记》上称:"龙门碣石北多马、牛、羊、旃裘、筋角。"这条分界线以北,生活着游牧民族,当时统称他们为匈奴,属于草原部落文化地带;分界线的南边,就是传统的以农耕为主的中华民族居住地,属于农业文化地带。两种不同的生产生活方式,导致中国北方地区长时间的民族冲突和不断融合。这些民族冲突和融合,不断地左右界线南北两个民族的兴衰,如果中原王朝强盛,农业区域便向北扩展,靠近中原的一部分游牧民族,就会受先进的中原文化影响,学习耕种,融入华夏族的大家庭中。统治者为了缓和民族冲突,减少战争,也有意识地将部分游牧民族迁入汉族农业区。如果中原王朝衰弱,北方游牧民族便会趁机入侵,抢掠财物、人口,把自己的领土向南扩展。

晋阳城就处在这条重要分界线的中段,是东西南北交通的要冲,各民族文化在此相互碰撞,成了民族冲突和融合的一个中心。

秦末汉初,国内战火纷飞,无暇顾及北方边境的安全。这个时候,北方匈奴在冒顿单于的领导下,先后平定了东胡和西方的大月氏国,又南下,收复楼烦、白羊,逐渐强大起来,他们开始学习中原文化,定管制,并且逐渐完善。

据史书记载,汉朝初年,匈奴的官职主要有:单于、左右贤王、左右大将、左右大都尉、左右大当户、左右骨都侯。从左右贤王以下至大当户,很多时候都可以统领万骑。当时的匈奴已经设立二十四位区域长官,立号"万骑"。

匈奴看到中原王朝地大物博，物产丰饶，早就有了垂涎之意，在汉王朝刚刚建立的前几年，几次发动南侵战争，前面也提到过，高祖刘邦率军亲征，被困白登山，差一点全军覆没。

高祖刘邦深切体会到北方边疆存在的危险，苦于当时国力疲弱，不愿与它持久作战，一方面，在平定陈豨叛乱之后，将赵国山北（包括雁北和太原郡）划归在一起，建立代国，设晋阳为代国的都城，并且封儿子刘恒为代王，从此一个刘姓诸侯王国又建立了。另一方面，他接受郎中令刘敬的建议，开始与匈奴的和亲策略。通过一连串措施，汉王朝与匈奴的关系，暂时稳定下来。

经过一个月的长途跋涉，刘恒和他的母亲终于到达了都城晋阳，此时的晋阳，几经战火的洗礼，早就没有了初建时的繁华与壮丽，摆在刘恒母子面前的，是一座处处凋零、毫无生机可言的城郭。

一箱珍贵的行李

高祖刘邦在设立代国以后，就派将相傅宽、宋昌、张武等人在代地戍卫边境，他们听说代王来到，都早早地迎出城池，欢迎代王刘恒。

晋阳城内外，秋风萧瑟，尘沙乱舞，代王刘恒被众人簇拥着走进晋阳城的王府内，这座王府，在汉建立以后，已经有几位王侯在这里生活过，一是韩王信，他戍守边关的时候，这里还叫做韩国，后来，他勾结匈奴，反叛朝廷，引起了汉统一后第一次大规模对匈奴用兵。平叛后，高祖刘邦命令自己的二哥刘仲，镇守代地，封他为代王，没有想到，他的这位二哥，从小喜欢耕种过安稳日子，看到这里地贫人稀，还要时时防备北方匈奴人的入侵，来到代地没有多久,就再也无法住下去,吓得乘快车,匆匆忙忙跑回洛阳。高祖刘邦在一次大宴群臣时,曾经跟自己的父亲开玩笑,他说:"始大人常以臣无赖,不能治产业,不如仲力。今某之业所就孰与仲多?"(父亲大人您总是说我二哥能干,田里的活干得好,比我有出息,一定会比我置办的家业大,现在您老人家再看看,我和二哥谁的家业大啊?)那个时候,未央宫刚建成,刘邦的家人搬进去居住。刘仲不是从政的料,没有这个兴趣和能力,只有回到富庶的洛阳,安享晚年。他的父亲太上皇,始终疼爱二儿子刘仲,又请求高祖刘邦册立他的儿子刘濞做吴王。刘恒做了皇帝后,和这位吴王刘濞还产生过摩擦,这是后话,暂且不提。

刘恒陪同母亲来到安息的寝室,虽然没有长安城未央宫的华丽气派,看上去还算干净明亮,刘恒扶着母亲坐下来,说道:"母亲,您跟着儿子受苦了。"

薄姬看着儿子,笑道:"我们母子能够生活在一起,还有什么不知足的。"

刘恒说:"母亲说得对,我也是这么想的,要是没有母亲陪同,儿子真不知道怎么办好。"

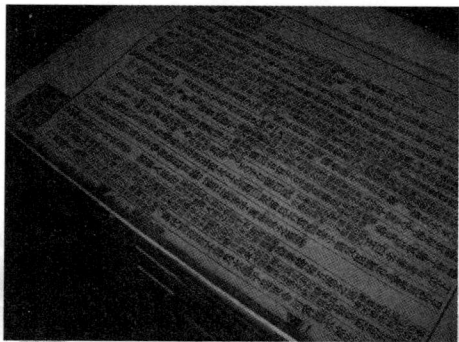

薄姬说："你现在是一国之王，说话、做事都不要把自己当成小孩子了。"

刘恒点点头，认真地说："多谢母亲教导，儿臣一定会努力的。"

这个时候，一名侍女匆匆赶过来，她着急地说："大王，您的一箱行李不见了。"

"行李不见了？"薄姬看看儿子，"我们带什么贵重的东西了吗？"

刘恒回答说："母亲，儿臣除了书籍，没带什么贵重行李啊！"

一箱子的书跑哪里去了呢？

刘恒喜欢读书，出发前，他用了很长时间才备足这一箱子的书，现在不见了，自然非常着急。他立即询问随从人员，结果他们说一到晋阳，所有的行李、用具就都交给晋阳城的官员处理了，他们没有留意那一箱子书籍。

薄昭立即叫来晋阳城官吏，严加审问，官吏支吾半日，说："我看那沉甸甸的一大箱子，也没有人仔细看护，想着不是什么珠宝，以为是些杂物，就把它放到仓库里去了。"那个时候，读书的人比较少，一名普通侍卫官哪里见过这么多的书，再说前几任王侯来的时候，也没见他们带过一本书啊！

薄昭生气地说："你知道什么？大王最喜欢读书，他随身携带的书籍比什么珠宝都珍贵，你把它随便乱放，应该受到处罚。"于是，薄昭下令严加处罚。

侍奉在母亲身边的刘恒，听说书已经找到了，很高兴，赶紧跑出来查看，正巧舅父薄昭要惩责侍卫官吏。他问清事情的前后经过，说道："不知者不为过，圣人都这么说，我们怎么能随便处罚不知情的人呢?"

　　刘恒不但没有处罚放错书的侍卫官,还让他专门负责保管自己的书籍。此事传出之后,晋阳城的大小官吏也开始主动了解书籍,以喜欢读书、能够读到书作为一种荣耀。

　　迎接刘恒的大小官员和城中百姓,也许没有想到,他们的这个小小国王,在代地一住就是十几年,十几年后,经过这个孩子国王的治理,晋阳发展成为一个繁华城市,代国也逐渐强盛起来。据《汉书·地理志》记载,汉朝代地:"户十六万九千八百六十三,口六十八万四千八十八,县二十一。"被称为"东带名关,北逼强胡,年谷独熟,人庶多资,斯四战之地,攻守之场"。晋阳的商业、农业也得到充分发展,手工业达到先进的水平,据史书记载,当时生产出来的钢镜、铜镜等雪白明亮,耀人眼目。从晋阳城初建,到汉朝初年,晋阳在历史上第一次达到如此繁荣兴盛的程度。

第三章

代地站稳脚，好学立根基

小小年纪，远赴边疆封国，刘恒来到了一个备受战火蹂躏、荒凉破败的国度，这里就是他的封地——代国，面对恶劣的生活条件，陌生的环境，刘恒会不会被困难吓倒？他勤读好学，孝贤有名，在这里能发挥自己的特长吗？他又会结识哪些人物呢？这些人会对他产生什么样的影响呢？

第一节　代地的历史

削桐封弟

代地的历史非常悠久,说起来,还有一段动人的故事。周朝初年,武王去世后成王继位。成王年幼,由周公辅佐朝政。周公尽心竭力,招贤纳士,周朝出现建国后的第一次繁荣景象。周公虽然功勋卓著,却十分谦虚谨慎。他事事处处尊重成王,从来没有越礼和居功自傲的表现。

唐叔虞祠

周公还时时提醒成王,要他注意自己的君主身分。有一次,成王和他的弟弟叔虞读完书后,跑到宫门外玩耍。两个人追逐嬉耍了一会儿,成王说:"那边有棵梧桐树,我们比比看谁先跑到那里。”

叔虞说:“好啊!”

两个人争先恐后朝梧桐树跑过去。梧桐树高大挺拔,树冠葱郁浓绿如一顶盛大的华盖伸张开来。树下阴凉干净,成王和叔虞经常在这里玩耍。

成王第一个跑到树下,他高兴地喊道:“我先到了。”

叔虞紧跟着追过来,他不服气地噘着嘴说:“刚才我没有做好准备,要是再比一次,我肯定得第一。”

成王不在乎地说:“那就再比一次。”

兄弟两个人做好准备又比了一次,结果还是成王赢了。成王高兴地说:“服气了吧? 还是认输吧! 等你长大几岁再跟我比。”

叔虞是个倔脾气,他说:“我还是不服气。”

这时,一片树叶落下来,正好落到成王和叔虞的脚下。成王弯腰捡起树叶,开玩笑说:“叔虞,我封你为王,你拿着王印去上任吧! 别再跟我比了。”说着把树叶递给叔虞。

叔虞接过树叶,端详半天,跪下说:“王兄,这是真的王印吗?这不是一片梧桐叶吗?”成王哈哈笑道:“我们游戏,哪里来的真王印。等你长大了,我再封你为王。”

叔虞低下头说:“原来王兄骗我。我要做真国王。”

成王指指叔虞手里的树叶说:“好吧! 就以你手里的梧桐叶为证,封你做……”成王没有亲政,对于国事不了解,他一时想不起还有哪些国土没有分封,支吾半天说道:“就封你做唐王吧!”其实成王也不知道唐地在什么地方。

成王和叔虞本来拿梧桐叶开玩笑。不料他们的一席话被路

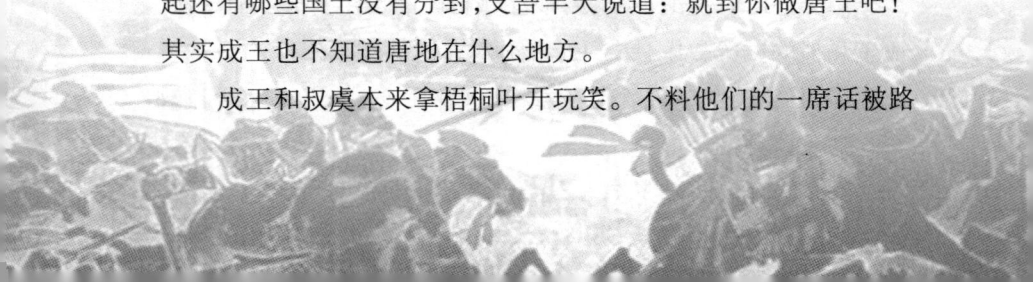

过的周公听到了。周公走过来施礼见过成王，然后小心问道：
"刚才听见大王分封唐王，有这样的事吗？"

成王连忙摇手说："我跟叔虞开玩笑，您别放在心上。"说着
拿过叔虞手上的梧桐树叶递给周公，跟他讲明事情的前后经过。

唐叔虞祠

周公双手接过树叶，再次给成王施礼说道："大王，您贵为一
国之主，分封土地这样的事情哪能够儿戏啊，一片梧桐叶不大，
可是它关系着大王您的威望。如果您说话不算话，怎么让天下
人臣服？"

成王小声争辩道："这是我跟叔虞开玩笑，怎么关系到天下
人了呢？"

周公义正严辞地说："大王，普天之下，莫非王土，率土之滨，
莫非王臣。您的一举一动都关系到天下苍生，怎么能说与天下
无关呢？您既然已经册封叔虞为唐王，就应该给他正式的封地
和王位。"

成王知道自己做错了，他说："就依您的意见吧！"

周公将周朝最北边的一片土地划归出来作为叔虞的封地。

按照成王的意思，那一片土地命名为"唐"。叔虞长大后，亲临唐地做了国王。他勤政爱民，经过多年的努力，唐地由一个人烟稀少的偏远地带，逐渐繁荣起来。

后来，唐地改名为"晋"。公元前497年，晋阳城问世，晋地的大部分疆域划入赵国。秦始皇统一六国后，将晋阳改称"太原"，并且设立太原郡。汉高祖十一年（公元前196年），平定北方叛乱后，将雁北和太原郡划归一处，建立代国，太原又恢复了原先的称呼——晋阳，刘恒被封为代王。这就是代地的历史。

系舟山的传说

削桐封弟的故事流传很广，刘恒来代国之前就听说过。他想，叔虞是成王的弟弟，他做了唐地的国王后，勤政爱民，造福百姓，为后人爱戴。我是皇帝的弟弟，去了以后也要向他学习，好好治理代国。

刘恒来到晋阳不久，听说当地百姓为了纪念叔虞，曾经修建了一座祠堂。他立刻吩咐侍卫准备车辆，他要亲自去叔虞祠拜祭这位先人。

薄昭听说后急忙阻止刘恒："大王初来晋阳，对这里的情况不熟悉，不要随便出去走动。"

刘恒说："拜祭先人是遵循礼节的事情，况且叔虞治理此地非常成功，我也应该向他学习。"

薄昭说："你才八九岁，这些事情就交给大臣们去做吧！"

刘恒不以为然，他说："项橐七岁就能做孔子的老师，我都八九岁了，身为国王，不应该亲自去叔虞祠拜祭吗？"当年孔子周游列国，在路上遇到了项橐，项橐给他提了几个问题，结果孔子一个也回答不出来，于是孔子很谦虚地尊称项橐为老师。这故事一直为人们所津津乐道。

母亲薄姬知道刘恒的想法后，非常支持他。她对薄昭说："这是好事，你立该陪同刘恒一起去呀！"

系舟山

薄昭只好带领侍卫护送刘恒去叔虞祠拜祭。

祠堂坐落在晋阳城的北边，历经几世，加上最近战火纷扰，已经有些破败凋零了。刘恒走下车子，看到叔虞祠堂，古柏苍苍，他恭恭敬敬地走进祠堂里面，看到叔虞凛然正气的塑像，连忙施礼下拜。

拜祭完毕，看管祠堂的一位老人走了过来。他有六七十岁了，面目清瘦，身材单薄，目光却很有精神。刘恒看看老人说："老人家守卫祠堂辛苦了。"

老人忙说："大王亲自拜祭，让人感动。"

刘恒说："叔虞治理此地有功，应该受到后人尊敬啊！"

老人说："大王虽然年轻，却懂得这么多事情，让小人佩服。"

　　刘恒笑道:"这都是书本上说的。老人家,你可知道关于此地的传说或者其他故事吗?"

　　老人想了想,躬身说道:"大王,晋阳城的北边有一座系舟山,您听说过吗?"

　　"系舟山?"

　　"是啊!"老人说,"说起这系舟山,可有些由来。相传大禹治水时它曾经立过功劳。"系舟山还能立功劳? 刘恒好奇地听老人讲解下去。

　　相传,大禹治水曾来过晋阳城北边的汾水河流域。那时汾水河还是一片湖泊,叫大盂湖,水流湍急,水势凶猛。当大禹的船队行至这里时,已经接近中午时分,逆水行舟,举步维艰。而天空中,骄阳似火,阳光火辣辣地射下来,尤其水面上,又闷又热,让人喘不过气来。大禹看到此情此景,急忙吩咐众人,抛锚靠岸,休息吃饭。但湍急的水流,拍打着船舷,大船在水中飘来荡去,费了好大的劲才把船靠向岸边,船工为了稳妥起见,除了抛下铁锚,还用缆绳把大船紧紧地系在岸边仅有的一块大石上,这样任凭浪急流险,也不担心大船被水流冲走。上岸后,船工师傅忙着安锅稳灶,生火做饭。大禹一人在湖边徘徊沉思良久,最后选了湖边一块较平坦的石头坐了下来。他把双脚伸进凉爽的水里,不停地搅动着河水,一边借流水冲刷双脚以消除连日的疲劳,一边陷入思考,思考着治理浩浩荡荡的大盂湖的奇思妙想。正在他愁眉不展、百思不得其解时,无意中抬头西望,突然看见湖水中央,有个极大的漩涡,波飞浪涌,蔚为壮观。大禹的眉头一下子舒展开来。原来,根据多年的治水经验,他知道,有漩涡的地方,水底一定有暗洞泻水,也就是暗河。这么大的漩涡,暗洞肯定很大,用不了多久,一湖的水就可泻漏殆尽,这样一来,就不用他们费力澡心了。大禹的心情一下子高兴起来,吃完饭,他就带领众人,登舟而去。没过多久,大盂湖的水,果然退去,留下一条温顺清澈的河,就是现在的汾水河。而那块系舟的巨石,湖水退去才知是一座大山的山尖,而后人为了纪念大禹,就把这座山称为系舟山,泄水洞称为大禹洞。

刘恒听完老人的话后,惊叹不已,接着问道:"此地山清水秀,原来是块风水宝地。我从书上得知,经过叔虞治理,此地开始人烟稠密,繁华富庶起来。秦朝的时候,是全国三十六郡之一。可是现在的晋阳城怎么如此败落不堪?人口稀少、土地荒芜、房屋建筑已大多被毁坏,整个晋阳城连家像样的店铺都没有?"

老人叹口气回答道:"大王,晋阳北边是匈奴,他们趁我国内战乱经常南下侵略此地,后来先帝御驾亲征,经过好几次战斗才将匈奴人赶走。可是久经战火的晋阳城遭到很大的破坏,变成今天这个样子了。"说完,老人用手轻轻擦掉眼角的泪滴。

刘恒看在眼里,他痛心地想,战争给百姓带来多大的灾难啊!我一定要尽心尽力,改变晋阳城现在的面貌,让它变得繁荣富强。他安慰老人几句,起身带领侍卫回王府去了。

第二节　艰苦的生活

来到晋阳已经两三个月了。隆冬时节来临了，北风怒号，雪花飘飘，晋阳城最冷的季节来到了。大雪飘扬了六七天，整个晋阳城一片白茫茫，刘恒从来没有见过这么寒冷的天气，他窝在王府深院内，坐在炭火盆旁边取暖。

尽管炭火旺盛，可是依然难以驱散逼人的寒意。刘恒不住地站起来跺脚走路，希望这样能带给他更多温暖。王府院落内，一片静悄悄的，平日里来往嬉笑的侍女、太监都躲起来，谁也不愿意在这个冷天里抛头露面。

炭火快要燃烧尽了，一位侍女走过来准备添加木炭。刘恒急忙问："太后那边木炭充足吗？"

侍女回答道："今年的木炭特别少，太后吩咐留给大王用。"

"这么说太后那里没点火盆？"刘恒着急地问。

侍女轻声说："太后只是夜晚点一会儿，白天就不敢用了。"

刘恒立刻起身，往太后的院落走去。几日大雪，院子里积雪很深，刘恒深一脚、浅一脚赶往太后房中，慌得太监、侍女们紧紧跟在身后，害怕出现差错。

薄姬正在屋内来回踱步，焦急地等待薄昭的消息。她看到刘恒匆匆进来，连忙责问："天气这么冷，你跑出来做什么？快回去。"

刘恒眼含泪珠扑到母亲怀中，哽咽着说："母亲，您受委屈了。"

薄姬伸出手，擦干刘恒的眼泪，安慰他说："没什么，我年龄大了，不怕冷。你舅舅派人准备木炭去了，一会儿就能回来。"

母子两人说着坐到床边，薄姬叹口气说："我们来得匆忙，准备的衣服、被褥都不充足。没有想到这个地方会这么寒冷，天寒地冻、冷风刺骨，不知黎民百姓怎么熬过这寒冷漫长的冬天。"薄姬母子在皇宫内深受冷落，生活用品历来不多，一直过着简约清淡的日子，哪有什么充足的准备？

刘恒被母亲忧心百姓冷暖的心情所感动，急忙说："母亲所言甚是，我一定要好好治理国家，为黎民百姓造福，免去他们饥寒之苦。"

薄姬听到刘恒这番话，高兴地说，"孩子，你有这番心意，就一定能把国家治理好，为娘支持你。"

过了一会儿，薄昭回来了。他已经命人购置一车木炭，正停在王府外。不过薄昭低垂着头，好像还有其他的心事。薄姬问道："还有其他事情吗？"

薄昭闷闷地说："木炭不多，还是要节约着用。还有，食品缺乏，这天寒地冻的，怎么办？"

薄姬吃惊地问："怎么？没有吃的了？"

薄昭说："就剩下粗粮了。我打听过了，晋阳城内能吃上粗粮就算不错了。"连年的战火蹂躏，晋阳经济严重衰退，已临近崩溃的边缘。人口流失，大片田地无人耕种，近年来，整个城市仿佛一只风雨飘摇的小船，随时可能毁灭。

　　刘恒见薄姬神色沉凝,劝慰说:"母亲不必担忧,粗粮也能吃饱。现在国难当头,大家吃点苦怕什么。"

　　薄姬坐下来,低声说:"也只有如此了。"

　　薄昭说:"天气好了,我就派人去长安运粮。"

　　刘恒连忙说:"长安也有它的困难,你忘了萧相国曾经驾着牛车上朝吗?经过先帝的治理,才逐渐繁荣起来。代地地大物博,只要勤恳劳作,我相信一定会有好收成,用不了多久我们也能过上丰衣足食的日子,代地也会富强。"

　　薄姬和薄昭听到刘恒的话,见他人小志气大,不由得点头称许。

　　来到晋阳的第一个冬天,就在贫寒交加之中度过,这让刘恒更深切地体会到代地亟须治理的现状。

　　严寒没有消磨刘恒刻苦攻读的决心,他深深懂得,要想治理好一方水土,不但需要信心,更需要知识和才学,所以他开始更努力地读书。

第三节　好学崇道

灯下苦读

天气渐渐转暖,冰雪开始悄悄融化,偶尔间似乎有一两声鸟鸣在天空回荡,春天要来了吗?

刘恒已经整整两个月没有踏出王府了,有时候大臣们也来给他汇报一下朝中大事。刘恒年幼,由丞相傅宽辅佐。傅宽是先帝时的大臣,曾经立下过不少战功。

傅宽每次见到刘恒,他都在埋头读书,一次,傅宽忍不住说道:"大王如此喜欢读书,值得我们学习。"

刘恒听了,笑道:"丞相的学问高深,我还想向你请教呢!"

傅宽说:"那可不敢当。我来到晋阳后,许多书都丢了。晋阳城内的藏书也在战争中毁坏了不少。现在许多孩子想读书也没有书读。"

"有这样的情况?"刘恒抬头望着傅宽,"丞相,你可以组织人员,抄写我的这些书籍,把他们分发给喜欢读书的孩子。"

傅宽赶紧施礼说:"大王真是仁慈贤明,我这就去办。"

这样,白天刘恒把书交给抄写人员,每到晚上,他又把书取回,坐在灯下苦读。

王府之内,多了一盏燃烧到半夜时分的小小灯火,夜夜如此,像更声一样准确。时间久了,侍女们都把它当成一种标准,只要灯火未熄灭,就还不到半夜。

薄姬知道刘恒夜夜苦读,非常心疼,她几次劝说:"你年纪还小,熬夜对身体不好。""读书有许多时间,何苦夜夜苦读呢?"

刘恒却有自己的看法:"古人说'人生如白驹过隙',时间非常珍贵,我怎么敢不珍惜?怎么能挥霍浪费?浪费时间就是浪费宝贵的生命啊!知识是一点一滴积累起来的,要持之以恒,才能有所收获;只有博览群书,才能天下在胸,才能齐家、治国、平天下。我现在只能利用晚上来读书,不能耽误白天的抄书工作,不能耽误其他的孩子读书啊!等以后全部抄好,孩子们都有了书读,我就不用晚上读书了,白天和小朋友们一起读书,那是多么快乐的事情啊!"

汉文帝刘恒像

听完刘恒的一通言论,薄姬笑呵呵地说:"真是长大了,懂得这么多道理。恒儿,你能这么想、这么做,母亲很高兴。只是我担心你的身体。"

刘恒急忙拍拍胸脯说:"您瞧,我壮得很。"

大伙看见刘恒的举动,全都哈哈笑了起来。

冰雪就要融化殆尽了,天空中已经看见飞鸟的身影,还有那些早早探出脑袋的细小树芽,无不欢欣地预报着春天来到了。

抄写人员用一个多月的时间,终于将刘恒所有的书籍抄写了一遍。刘恒命令他们多抄写几份,以便更多的孩子能够读到书。

晋阳百姓知道刘恒命人抄书的事情后,无不奔走相告,皆言新国王爱民重教,把自己的书拿出来给老百姓的孩子读,真是自古以来难得的好国王。还有人说,叔虞初建代地时,也曾经尊重百姓,把代地建设得富强繁荣,新国王不但尊重百姓,还推广教育,肯定会把代地治理得更加强盛。百姓们跑到王府前,要求见国王,表达他们的感激之情。刘恒听说了,只是淡淡一笑,他说:"举手之劳,有什么可感谢的?"他命人告诉百姓,让他们回去好好教育子弟读书学习。

刘恒画像

在刘恒的带动和鼓励之下,原本尚武好斗、贫穷落后的代地百姓也知道读书的好处,开始慢慢接触书籍,教育孩子们学习上进。丞相傅宽看到百姓们读书的热情,又提出一条建议,在晋阳城开办学府,招纳学子,广办教育。刘恒马上同意傅宽的建议,命令他全权负责兴办教育的事情。

很快,一座简陋的学舍准备好了。代地贫困,百姓生活还很贫困,生存条件还得不到保障,能够开办学府,并不容易。傅宽只能命人将晋阳官府旁边的一座破旧房子清理出来,充当学府,并且发下公文,不管身分贵贱,只要愿意读书的都可以来上课。

一时间,晋阳上下都在谈论办学府的事情。一天,郎中令张武求见刘恒,他说:"学府建成了,可是缺少教书先生。我听说汾河岸边有一位奇人,人称'河上公',据说学识渊博,博古通今,天文地理,无所不通。如果能请他来,肯定会很有帮助。"

刘恒一听,高兴地说:"这样的人才应该快快去请。"立刻命令张武亲自去请河上公。

河上公

不知道从什么时候起,晋阳城北的汾水河边居住了一位老人。老人年龄多大无人知晓,只是传说他整日除了诵经读书,其他什么事情也不做。人们也不知道他的姓名,见他终日住在河边,就称呼他"河上公"。

河上公在河边搭建一座草庵,深居简出,极少与外人接触。有人曾见他在清晨的时候,走出草庵,面对河水喃喃有语,似乎与河中游鱼交谈,又好似与空中飞鸟私语,但究竟说了什么,谁也不清楚。

河上公的怪异行为引起周围人们注意,他们纷纷猜测,他究竟是什么人呢?

这件事情也传到晋阳城的官员耳中,有一天,他们亲自去河边拜见老人。走到草庵边才听清河上公正在诵读老庄文章,读声朗朗,字字句句清晰悦耳,恰如流云轻抚明月,又像旭日冲破晨晓。官员们肃然起敬,他们深知老庄道德经书并非常人可以如此流利诵读,那么这个河上公肯定不是平常人。

那次去拜访他的也有张武,虽然遭到河上公的拒绝,但是他

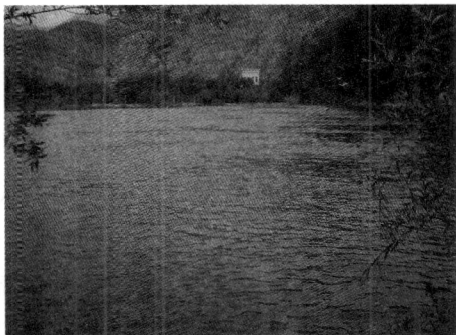

汾水

知道河上公很有学问，听以向刘恒推荐了他。

张武受命再次拜访河上公，他想，我去了就说大王派我去的，想必河上公会接待我。

可是张武想错了。他来到草庵边，恭恭敬敬施礼说："老先生，大王派我来请您。"

河上公没有走出草庵，他慢慢问道："哪里来的大王？又是因为什么请我？"

张武连忙说："代地新来的大王，他可是先帝的儿子，当今圣上的弟弟呀！大王年幼，可是非常崇尚道德经书，听说您对老庄很有研究，特地让我来请您。"

河上公笑了几声，说道："道德经书，深奥无边，一个年轻的国王能理解得了什么？你回去告诉他，他与我相隔这么远，他也不可能聆听到道德真音。"

张武奇怪地问："老先生，我已经备好车辆，您如果到王府里去，不就见到大王了吗？怎么说相隔远呢？"

河上公却不再言语。张武等待多时，见草庵里没有声音，不敢贸然行动，只好悻悻地转回城去。

张武回到王府，他告诉刘恒请河上公的前后经过，最后有些泄气地说："我看他是野蛮粗鄙之人，也许不敢进王府见大王。"

刘恒仔细分析河上公的话之后，摇头说道："你说错了。老先生说我们相隔遥远，是嫌我不亲自去请教他。我知道该怎么做了。"刘恒命令侍卫准备车辆，他要亲自去请河上公。

薄昭等人阻止刘恒，他们说："一个粗贱老头，不愿意来就算了，大王请他做什么？如果大王执意见他，我们派兵把他抓来就是了。"

刘恒制止了他们，然后乘车奔城北而去。

春天的晋阳处处呈现一片生机，草长莺飞，鸟语花香，绿树上挂满新叶，几只勤劳的春燕盘旋在屋檐房舍下，寻寻觅觅，找寻一处可以安家度日的地方。春风徐徐而来，大街小巷这里一堆，那里一伙，三五成群的孩子嬉笑玩耍。偶尔也有一两家院落里传来鸡鸣狗吠的声音。刘恒见到眼前的景象，心情也渐渐舒展开来，他来晋阳大半年了，在他眼里除了战乱留下的伤痕，就是贫瘠带来的痛苦，没有想到，此地也有如此美好的时刻。

刘恒兴致勃勃赶到汾水河边。他早就听说关于系舟山的传说，来到河边放眼望去，果然，清澈婉转的汾水河静静流淌，河对岸一座挺拔青翠的山峰巍然屹立。那就是闻名于世的系舟山。

来不及细细欣赏汾水高山，刘恒跟着侍卫朝一座草庵走过去。草庵依水而建，由几根木柱支撑着，低矮简陋，顶部和四周的茅草有些杂乱，风一吹，胡乱飘摇。

众人正在观望之际，草庵内走出一位老者，鹤发童颜，精神矍铄，胸前的白胡须随风飘摆，俨然神人降落世间。

刘恒急忙上前施礼："老先生，打扰您了。请问您就是河上公吗？"

河上公并不还礼，他凝视着前方，徐徐回答："你就是新任国王？"

侍卫呵斥河上公："见了国王，怎么还不施礼下拜？"

刘恒急忙说："老先生是世外高人，不要大声喧哗惊吓了老人。"然后又转向河上公，恭敬地说："听说老先生精通老庄道德经书，所以冒昧来求教。请您千万赐教。"

河上公见刘恒年龄虽小，却很懂道理，而且态度诚恳，说话谦谨，不由得仔细打量眼前这个孩子。只见他眉毛细长浓密，一双明亮有神的眼睛，脸色如玉，气宇不凡，神态娴雅文静，正是大富大贵之相貌。河上公惊奇之余，也还礼说："我不过是一个年迈老翁，有什么学问？烦劳大王亲自前来，实在不敢当。"

刘恒说道："我也读过几本道德经书，非常崇敬黄老学说。只是有时候不懂其中含意，却没有人教诲，我想请您指点，做我的老师。"

河上公哈哈大笑："大王既然读道德经书，就应该知道黄老学说，尊重自然法则，崇尚清静无为，我学习老庄结庐野外，不问世事，怎么可以去辅佐一国大王呢？"

刘恒一时语塞。丞相傅宽走上前说："老先生可以抛却尘世，独自一人钻研老子之道；可是大王身为一国之主，怎么能抛弃百姓，不顾国家大事？况且乱世之后，许多百姓喜爱老子之道，老先生为何不辅佐大王将它加以推广？老先生难道没有听说盖公吗？他不是辅佐曹参治理齐国吗？"盖公是有名的隐士，齐国丞相曹参请他出山，辅佐治理齐国。盖公推行黄老学说，主张以清静无为治理天下,齐国经济得以恢复。

傅宽话语未落,刘恒急忙说道:"这正是我的意思,老先生请您再考虑一下。"

河上公见刘恒如此真挚执着,叹口气说:"我答应你,不过只有三年时间。三年后,我们分道扬镳,各走各的路。"

在河上公的教诲影响之下,刘恒对于黄老学说有了更深刻的理解。

黄老帛书

当时,汉朝初建,国家经历了许多大规模的内战,加上匈奴侵略边境,导致人口急剧减少,生产力下降,国内经济能力降低,国库空虚，百姓生活得不到保障，诸多内忧外患的问题急需解决，真是百废待兴。而"上无为，而无所不为"的无为而治的黄老学说，正好适合当时的社会情况。正是这一策略促使农民重新回到土地上，国家轻徭薄赋，减少官吏，百姓得到休养生息，国家经济逐渐走向兴旺繁荣。

刘恒自幼崇尚黄老学说，并且刻苦攻读研究。在做代王的十几年时间里，他透过黄老学说治理国家，安定了百姓，促进了经济快速稳定的恢复和发展。

第四节　结识贾谊

初识贾谊

有河上公辅佐,刘恒读书学习更加精力充沛。每天,他陪伴在河上公左右,听他讲解经书,谈论黄老学说的精髓内涵。夜晚来临,师徒二人又蹲坐在铜灯之下,细心研读揣摩经书要义,他的道学修养日渐精进。

刘恒十分尊敬河上公,派专人细心服侍他,照顾他的吃、穿、住、行。生活艰苦,刘恒自己节衣缩食,也从不让河上公受委屈。一次,王府内粮食缺乏,他就把自己的饭菜让给河上公。河上公见刘恒勤奋刻苦,礼让师长,断定他必将成为贤明君主,更加用心辅佐他。

这时,刘恒下令开办的学府也开始招纳学子,慕名前来求学的少年非常多,其中一部分人被召进王府做了刘恒的陪读,陪伴刘恒在王府中读书学习,一起生活。

这些陪读的少年中,有一个叫贾谊的,精通诗书,才华横溢,成了刘恒最要好的朋友。贾谊是洛阳人,他的父亲跟随刘仲来到晋阳。刘仲来到代地后,发现这里生活艰苦,又惧怕匈奴扰境,偷偷跑回了洛阳。可是贾谊的父亲是一个普通官吏,当然不敢私自逃跑,就这样留在了晋阳。

贾谊从小聪明伶俐。有一次,他父亲审理一桩案子,遇到了麻烦,回到家后,愁眉不展。贾谊见此情景就问父亲:"父亲,您有什么心事吗?"父亲正心烦,呵斥他说:"大人的事,小孩子懂什么?"

贾谊说:"甘罗十二岁拜相,孟尝君年幼替父掌管家政,他们年龄都不大,却能做大事,这说明做事不应该只看年龄。我也读过诗书,懂得很多道理,为什么不能为父亲排忧解难呢?"

贾谊的父亲看他一眼说:"那好,我跟你说说这个案子。有两个人在市集上买卖耕牛,结果两人打起来了,一个说牛是他的,

贾谊像

另一个也说牛是他的,你说说看,牛到底是谁的?"

农业社会,耕牛非常受重视,耕田、运输哪样也离不开它。

贾谊琢磨一会儿,问道:"两个人有什么凭据说牛是自己的?"

他父亲说:"一个人有邻居作证,他养这头牛多年了;另一个人呢,说牛的肚皮底下有道疤痕,验证发现,确实如此。"

贾谊说:"看来两人都想得到耕牛。父亲,您可以这么办。您假装命人杀掉耕牛分给两个人。如果真是牛的主人,一定非

常心疼,不舍得把牛杀死。而另一个人呢,觉得得到部分牛肉也不错,这样一来不就判定谁是牛的主人了吗?"

他父亲听了,仔细分析一下,认为可行,就回到衙门照贾谊说的去做。果然,两个人听说杀死耕牛,反应不一。一个人想了想说,既然大人决定了,就杀死耕牛吧!另一个人却痛哭流涕地说,耕牛跟随自己多年,干了这么多活,还要被杀死,太可怜了,他情愿放弃耕牛也不愿亲眼看到牛被杀。

贾谊的父亲由此断定,不愿杀牛的是真正的主人。另一个人只得承认自己的罪行,原来他早就垂涎这头耕牛,经常主动给牛主人家外出牧牛,趁人不备的时候,就悄悄用刀摩擦牛的肚皮,次数多了,牛肚皮上形成一道疤痕,而牛主人根本不知内情。他见牛主人去卖耕牛,就想借机将牛占据为己有。

贾谊帮父亲断了这个案子,父亲非常高兴,从此也更加看重他。他得知开办学府后,决定让贾谊也去读书。贾谊聪明好学,很快在诸多学子中崭露头角,被选中做了刘恒的陪读。

不进则退

贾谊进王府后与刘恒朝夕相处,很快两个人就成了要好的朋友。他们读书学习,玩耍嬉闹,后宫变得热闹起来,不是朗朗书声,就是欢声笑语。生机盎然的春天里,他们好像两棵迎风招展的树苗,茁壮成长。

河上公不再单纯地讲解道德经书,而开始教授他诗、书、礼、乐的知识。刘恒在长安时,就学习了不少这方面的内容,而贾谊是第一次系统地学习诗、书、礼、乐,一开始,贾谊不如刘恒掌握得熟练。刘恒很得意,自从与贾谊一同学习,不管背诵经书还是抄写文章，他都比不过贾谊。终于有机会超越贾谊了，刘恒当然很高兴。

贾谊故居

不过贾谊并没有退却，他有超强的记忆力，一目十行，过目不忘，没有多久，他把需要背诵的诗书全部背熟了。

一天，河上公让他们背诵抄写《庄子·秋水》篇。两个人都顺利完成了。河上公又说："你们也学习了诗书文章，谁能背背其中的篇章？"刘恒说："我已经背诵了《诗经》的所有篇章，我背给您听听。"说完，从《国风》到《大雅》，逐个背诵起来。河上公点头说："果然不错，贾谊，你学得怎么样了？"

贾谊回答道："我也记住了。先生，我还学着写了几篇文章。"他把写满字的竹简递给河上公。

河上公还没有教授他们写文章，听贾谊说他已经自己学着写作了，赶紧伸手接过竹简，从头到尾，慢慢阅读，一面读一面不住地颔首赞许。他看完后，满意地说："嗯，很好，文笔清晰，感情充沛，举例纳证，非常贴切。"

　　贾谊长大后，成为汉初杰出的文学家，他写了《过秦论》、《治国策》、《吊屈原赋》等许多脍炙人口的文章，这些文章成为后世学习的经典之作。

　　刘恒本来以为自己超越了贾谊，没有想到他竟然学写文章，又将自己比下去了。他有些生气，却不好发作，悄悄走出书房，一个人蹲在树下默默出神。

　　河上公注意到刘恒的心情变化，过了几日，他对刘恒说："大王，你看盛水的坛子，如果装满水就会溢出来，这就像人一样，如果你自我满足，不求上进，就会受到损失。所以说学无止境，永远也不能骄傲自满。"

　　刘恒很快就明白了，心情豁然开朗，他说："多谢先生教诲，我以后要更加努力。"

　　从此，刘恒开始主动向贾谊学习，两个人又恢复往日的情谊。后来，刘恒做了皇帝，任命贾谊担任重要官职。在任上，贾谊提议进行改革，为国家做出不少贡献，他还写了许多著名文章，为汉初的文学增添了一笔亮丽的色彩。

第四章 生活尚节俭，躬身勤耕种

生活的艰苦没有吓倒刘恒，他一面读书学习累积知识，一面亲自耕种，将王府花园变为农田，自力更生；王太后薄姬也织布纺纱，带头生产劳作。他们的行为感染了臣民，代地出现了积极生产的场面。这时，刘恒是不是可以放心享乐了呢？他拒收千里马、罢修露台等故事又是怎么回事呢？

第一节 亲身耕种

小国王来到田间

春暖花开的日子里,大地解冻,万物复苏,处处鸟语虫鸣,柳绿花红,正是农民们清理土地、耕田播种的时刻。代地的百姓们走出房舍,来到广袤的田野,准备新一年的耕种工作。他们已经接到命令,国家两年之内不收赋税,让他们放心大胆种田收粮,畜牧家禽、家畜。

晋阳城四周,田地里三三两两的农民有的扶犁耕田,有的手握铁锹翻土刨地。远处有青山掩映,近处有城郭环绕。老牛好像憋足了劲,来来回回,田埂垄间,比平时走得快了许多。一两声嘹亮的歌声突然响彻云霄,也许是哪个劳作累了的汉子停在地头,引颈高歌吧!

晋阳城门大开着,守城的官吏被温暖的春阳照耀着,昏昏欲睡。此时,一匹马车从城内驶过来。拉车的黑马身材高大,蹄声清脆有声,眨眼间来到城门边。一名宫内侍卫跳下车,他走到城吏面前喊道:"起来了,起来了。"

城吏急忙坐起来,他看看眼前的人马,知道是王府内人员出行,赶紧施礼下拜。

车辆驶出城门直奔郊外田野。城吏望着远去车辆,揉着惺松睡眼,不解地轻声低语:"王宫中的车辆怎么朝农田跑去了?奇怪,是我看花了眼?"说着,他又揉揉眼睛,此时车辆已经远离城边大道,跑到田径小路上去了。

城吏当然不会想到,刚刚驶出去的车里正坐着刘恒,他要亲自到田间观看农民耕作。

车辆在田边停靠下来,耕种的农民也停下手里的工作,他们遥遥望向黑马宫车。两个农民悄悄对话,一个说:"看见了吗?兄弟,还没等种粮呢! 就来收粮了。"另一个轻声说:"不对吧!国家不是发布命令,两年之内不再收取赋税吗?"第一个人说:"不收粮食,官吏们吃什么?"第二个人刚想说什么,只见车上走下几个小少年。两个人面面相觑,不知道要发生什么事情。他们哪里想到,这是国王刘恒亲临田间。

农田

刘恒一伙人向劳作的农民走过来,他们有说有笑,显得格外开心。两个农民打量着少年人,见他们穿着丝绸衣服,脸色白净清秀，一看就是大户人家子弟，他们到田里来做什么？

刘恒走在最前面，他来到第一个农民身边，拱手说道："我想学习耕种技术，可以跟你们一起工作吗？"农民见他们并无恶意，想了一下，也就同意与他们一起埋头劳作了。

太阳西沉，马上就要落山了。几位少年在田间劳动半日，有的人已经显出困乏之意。这时，又有一骑飞马远远驰来，很快来到田边，马上的人飞身跳下马背，奔跑到刘恒身边，大声说道："大王，太后请你赶紧回去。"

大王？几个农民听到这个称呼，蓦然吓呆了，这个与大家共同劳作的少年竟是国王？农民们纷纷倒地跪拜，口称："大王千岁！大王千岁！"

刘恒急忙招呼他们站起来，说道："我想了解耕种的情况，也想学习耕种的技术，所以打扰你们了。大家放心耕作吧！"说完辞别众人，坐车回宫去了。

农民们目送刘恒的车辆远去后，仿佛大梦初醒，他们围成一群，又开始议论。有的说："大王跑到田里来，想做什么？"有的说："大王说学习耕种技术，难道他想种田？"还有的说："也许大王出来休闲玩乐呢！"一位年龄最大的人说："我看大王态度诚恳，不像是游玩，再说他要玩耍去哪里不行，非要到田里来？大王这么年轻，亲自到田里关心我们的生产情况，难得，难得呀！我活了这么大岁数，还是第一次遇到。"

刘恒亲临田间的消息很快传颂出去。农民们受到很大鼓舞，千百年来，他们辛苦耕作，为王卿贵族提供粮食、丝绸以及各种物资，却从来没有得到过公正的待遇，一直身分低微，不被人重视。刘恒亲自来到田里，与百姓一起劳动，对于世代面朝黄土

背朝天的普通百姓来说,这就是最大的荣誉。代地百姓耕种的
积极性得以提高,荒芜许久的土地上增加了许多忙碌的身影。

百姓们更没有想到的是,刘恒不但去田间地头参与农民耕
作,回到王府,他还开辟了一块田地亲自耕地、播种、管理、收获,
过着自给自足的生活。

王府花园变农田

刘恒提出在王府后院开辟一块田地的想法,遭到许多人反
对。薄昭说:"你是国王,怎么能耕种呢?"傅宽等人也说:"大王
心忧天下,让我们敬佩,可是你亲自耕种,我们觉得不妥当。"

刘恒问道:"有什么不妥? 是不是你们觉得有失尊严?"

傅宽忙说:"是啊! 天底下哪有大王亲自耕种的?"

刘恒笑道:"丞相难道忘了舜帝耕于山下的故事吗? 舜在山
下耕作,尧路过遇见他,透过交谈,发现他仁德贤明,就传位给
他,让他做了君主,这是人们津津乐道的故事。我区区代地国
主,哪能跟舜帝相比,亲自劳作还有什么怕丢人的?"刘恒说的是
尧舜禅位的故事,传说尧年龄大了,准备挑选一位贤德的人继承
王位。一天,他路过一座山坡,看见舜在牵牛耕种。当时正值中
午,烈日当头,酷暑难耐,舜却把草帽盖在牛的身上。尧非常奇
怪,就问他为什么自己不戴草帽而给牛戴。舜说他只不过手扶
耕犁,并不辛苦,而牛拉犁又苦又累,给牛戴顶草帽,多少可以减
轻太阳的曝晒。尧见舜如此仁爱,就把王位传给了他。

薄昭听刘恒说完,不以为然地说:"现在天下太平,自然有百
姓们劳作供养大王,你就不要自己耕种了。"

刘恒却坚持己见,他反驳说:"我能自力更生,为什么要百姓

供养？天下初建，百废待兴，如果每个人都能尽一份力，国家不就兴旺得更快吗？"

王府虽然破旧，占地面积却很大，方圆好几里。由于多年疏于管理，处处凋零破败，只留下几处像样的楼台和院落，大多数地方都是残垣断瓦，杂草丛生。刘恒来到以后，命令侍从们整理修缮，打扫清洁，王府才算整洁起来。

偌大的王府有许多空闲的地方，比如原先的后花园，早就干枯荒芜了，哪里有什么花卉草木？清除掉杂草，侍从们很快平整出几块方方正正、大小不一的地块，恰似阡陌交错的农田，只等着翻耕播种了。

刘恒力排众议，将后花园建成了一块种粮的田地。他对大臣们说："这块田地如果收成好了，足够供给好几个人吃饭，这样不就减轻百姓们许多负担吗？"大臣们见刘恒凡事为百姓考虑，都佩服地说："大王仁慈，在您的带动下国家一定能够兴旺发达。"

王府后院不种花草种庄稼，而且国王亲自耕种，又成了晋阳城乃至代地的一大新闻。人们从事劳动生产的积极性空前高涨，代地出现了多年来少有的热火朝天、争先恐后的劳动场面。

刘恒每天读完书，就去参加劳动，他学会了浇水、撒种，还懂得了如何间疏禾苗。每次劳动他都兴致很高，跟侍从们讲述书本上关于劳作的知识。很多侍从没有读过书，听说书上还有如何种庄稼的内容，备觉新奇。他们只知道书本上有诗书经略，哪里想到种田还被记录在书中。他们教导刘恒实际种田经验，刘恒传授他们书本知识，双方相得益彰，耕田种地变得乐趣无限。

第二节　节衣缩食

一顿丰盛的饭菜

刘恒每天又要读书又要耕种,忙得不亦乐乎。薄姬看在眼里,疼在心上。一天傍晚,薄姬去看望他。薄姬问道:"恒儿,天天劳作,是不是很辛苦? 这里的生活条件太艰苦了。"

刘恒急忙说:"有劳母亲担忧了。我不是怕苦,再说我能受什么苦,依然住在王府里,吃得饱,穿得暖,出门还要坐车。可是百姓们的生活呢? 他们拼命工作,吃、穿、住、行都难以保障,这才是我担心的。"

薄姬见刘恒胸怀百姓,心念国家大事,非常高兴,她说:"你能够这样想,说明你是个贤明的人。只要你努力想办法,一定会治理好国家的。"

刘恒点头说:"多谢母亲教导,我一定会勤奋努力的。"

这时,侍女过来传报,饭菜准备好了。薄姬见刘恒劳作辛苦,特意叮嘱厨房为他做了几道可口饭菜,都是他平日里喜欢吃的。薄姬命令侍女们端上饭菜,她要与刘恒一起吃饭。

母子分别落座,刘恒看见眼前几盘丰盛菜肴,立刻皱起眉头,他责问道:"怎么做这么多菜?"

侍女急忙跪下回答:"太后见大王辛苦,专门吩咐厨房为大王准备的。"

薄姬也说："多吃点吧！身体要紧。"

刘恒放下竹筷，起身走到薄姬身边，温和地说："母亲，我耕种是为了收获粮食，不是想吃这些美食。干点活就消耗这么多饭菜的话，还不如不干呢！国家贫困，一方面要勤劳能干，发展生产，一方面也要节约，不能奢侈浪费。母亲，您不是给我讲过勤俭匾的故事吗？"

薄姬经常教导刘恒，给他讲一些励志和艰苦奋斗的故事。其中有一个关于勤俭的故事。据说，古时候有个老汉，他勤劳能干，又省吃俭用，家境越来越富裕。当地官吏为了奖励他，送给他一个匾牌，上面写着"勤俭"二字。老汉很高兴，把勤俭当成座右铭，不但自己严格遵守，还时刻叮嘱儿子也要做到。后来，他死了，他的两个儿子继承家业。老人临终时把"勤俭"匾牌遗留给他们。两个儿子继承父业后，闹着分家，就把家业一分为二，把"勤俭"匾牌也锯成两半，哥哥要了写着"勤"的一半，弟弟要了写着"俭"的一半。从此以后，哥俩各过各的日子。哥哥以"勤"为准则，每天起早贪黑，非常能干，可是他忘了"俭"，挣一个花两个，很快产业被他消耗尽了。弟弟呢？恪守"俭"的原则，每日里省吃俭用，不舍得吃饱，不舍得穿暖，却不主动劳动，只知道守着父亲留下的财产过日子，不久遗产也被消耗得差不多了。他们两人眼看过不下去了，就凑到一块分析日子越过越穷的原因，这时，邻居的一位老人告诉他们说："你父亲过得富裕，靠的是勤俭两个字，你们要么勤不知俭，要么俭不知勤，这样日子是无法过好的。"

薄姬知道刘恒孝顺，多年来从来没有顶撞过自己，今天为了一顿饭,竟然驳斥自己,心里多少有些不悦,沉吟许久没有言语。薄姬虽然身在皇宫多年,却一直过着谨小慎微的日子,从来不敢招摇嚣张。明争暗斗的皇宫之中,哪里有她的地位? 现在来到晋阳,儿子是一国之主,她又是尊贵的太后,还有谁敢欺负自己? 终于可以扬眉吐气,发号施令的时候,却没想到,一顿稍微丰盛的饭菜招致了儿子的不满。

刘恒看见母亲沉默不语,猜透了她的心事,轻声说道:"母亲,您一直教导我要仁爱,我也时刻铭记在心。如果我不能严格要求自己,挥霍浪费,怎么能治理好国家? 怎么面对黎民百姓、天下苍生? 也辜负您对我的厚望,辜负您对我这么多年呕心沥血的教诲。"

薄姬渐渐回转心神,她终于明白了儿子的一片苦心,缓缓说道:"你说得对,做得也对,是我考虑不周全,没有想到其中的深意。"

刘恒听母亲这么说,也放下心来,他接着跟母亲商量道:"母亲,我知道您心疼我,可是国家困难,人人都艰苦朴素,我管理一方水土,更应该起到表率作用。对于我的日常生活,您要提醒我不要浪费,严格约束我,时间长了,养成习惯,也就好了。而且我觉得王府之内要形成节俭的风尚,您看如何?"

刘恒他们来到晋阳后,条件所限,比起在长安之时,生活可以说是清贫。但是他并没有畏惧艰苦,反而在条件好转时,仍能保持朴素的心态,厉行节俭。在他做了皇帝后,也是多年如一日保持这种良好的风气。勤劳朴实、崇尚节俭的风气影响了晋阳百姓,影响了代地百姓,随后也影响了全国的百姓。汉之初,正是透过百姓们的艰苦奋斗,勤俭节约,国力才得到恢复,国家逐渐走向繁荣。

薄姬看看刘恒，意味深长地说："你能这么做，母亲也自愧不如。我会要求王府人员厉行节俭的，你放心好了。"

从此之后，王府内所有人都非常节俭，没有人吃喝浪费，就是穿衣、住行各个方面也非常注意。

府内有田地，不但种了庄稼，还种了许多瓜果蔬菜。夏天到了，百果挂满枝头，赤橙黄绿，鲜艳夺目。侍女们每日清晨来到田间，采摘蔬菜瓜果，供应当日厨房做菜。这样一来，足不出户，就能丰衣足食。负责府内饮食的官员名叫高怯，他看着眼前的情景，感叹道："我服侍了许多王公贵族，还是第一次见到这样的国王呢！"

后来，府内侍女们还在薄姬的带动下，拿起纺锤，亲自纺纱织布，自己动手做衣服，又成了王府内一件引人注意的事情。而这其中，还有一个动人的小故事。

太后纺纱

一天，薄姬随同侍女亲自到菜田采摘蔬菜。她们手挎竹篮，有说有笑朝后院走去。太阳升在半空，碧空万里，一丝云彩也没有，如同清澈的海面，偶有飞鸟滑过天空，也飞速地消失了，只留下鸟的鸣

声久久不肯散去。这是一个美好的夏日上午,薄姬的心里也无比舒畅,生活虽然艰苦,可是守着儿子,过着安逸的日子,不是最大的幸福吗?

快到后院了,路过一个拐角,是两间不大的房子。薄姬突然想起什么,问侍女:"这两间房子是做什么的? 我怎么从来没有见过里面的人?"

侍女连忙回答:"太后,这是织室,王府里专门负责纺纱织布做衣服的。"

织室? 薄姬猛然一愣,这个词引起她无限的回忆,那个地方自己也曾经待过。刚刚被高祖召进后宫时,薄姬就是一名织女,坐在织室内,每日不停地转动纺车,纺出光滑细腻的丝线。那是多年以前的事了,薄姬想起来,觉得仿佛是前生的经历。物是人非,高祖已经逝去,自己也成了太后。想当初,没有得到先帝的半点宠爱,却为他生下一个聪明仁孝的儿子,世事难料,无法说得清楚。今天薄姬身为一国的太后重新面对织室,心情多少有些凄惶,她不由得轻轻唉叹一声,朝织室的房门走去。

"太后,"侍女跟在后面喊道,"太后,织室已经没有人了,前几年,王府无人居住,织室也就解散了。"

解散了? 薄姬问道:"我们穿的衣服哪里来的? 不是她们纺的纱,织的布吗?"

侍女回答:"都是各地上缴的丝绸、布匹,王府里负责服饰的官员请人加工制作成衣服、被褥和其他生活用品。"

"原来是这样。"薄姬说,"如此说来,不是又加重百姓的劳动负担吗?"

薄姬说着,走到织室门前,她叫侍女喊来太监,命他打开房门。薄姬走进云，室内潮湿阴暗，散发着呛人的霉重气息。整个屋子里空荡荡的，角落摆着几架纺车，上面挂满凌乱的蜘蛛网，一眼就可以看出这个屋子里很久没有人进来了。薄姬走到纺车前，太监赶紧扫除纺车上的尘土、蜘蛛网，侍女急忙说："太后，您快出去吧！这里太脏了。"

薄姬说："好吧！先让他们打扫。"薄姬吩咐太监打扫织室，自己带领侍女去摘菜。她们回来的时候，太监们已经将几辆纺车清扫干净，他们又打开门窗通风。薄姬站在织室内纺车前，她蹲下身子，摇动纺车，车轮转动，发出嗡嗡的声音。薄姬高兴地说："这几辆纺车还能用，还可以用来纺纱。"

侍女见薄姬摇车纺纱的姿势，惊奇地问道："太后，您也会纺纱？"

薄姬转回头，笑着又问："怎么，我不应该会纺纱？"

侍女笑着说："太后身分贵重，哪里能做这样的活？"

薄姬说："大王还去种田了呢！我看，我们也可以自己动手，纺纱织布，解决王府人员穿衣的问题。不是可以减轻百姓的负担吗？"

说干就干，薄姬命人将两间织室清扫干净，挑选出几个懂得纺纱的侍女，薄姬亲自带领她们，每天都在织室纺纱，嗡嗡的纺纱声音又在王府深院内响起。

当时，养蚕业已经相当发达，很多地方的农民种桑养蚕，靠卖蚕茧挣钱。蚕茧经过抽丝加工，制作成丝线，做成柔滑细腻的丝绸，举凡身分地位贵重的人，都以穿着丝绸服饰为荣。刘恒的王府内，太后亲自纺纱织布，她为了节俭，只是纺织棉布衣料，因此整个王府之内，上至国王，下到侍从、太监，都是粗衣淡饭，毫无例外。

第三节　亭台事件

废旧亭台上的梦想

夜已经很深了，刘恒的房间内，还亮着一盏油灯。这是一个牛形座铜灯，底座是头圆瞪着双眼、体形略微肥胖的小牛。牛背上驮着盛油的托盘，托盘两边竖起铜柱，中间悬挂一个灯罩，遮盖在托盘上方。托盘里燃着跳跃的火苗，一闪一闪，照耀得牛的眼睛也一亮一亮，好像它也活了，它也要说话，要跟坐在灯下的刘恒和贾谊讨论文章，分析国家大事。

亭台

　　屋外吹进来一丝轻微的凉风,火苗闪得更活跃了,小牛的眼睛也眨得更厉害。呵,它真要忍不住开口了,它说了些什么? 人竖起耳朵仔细倾听,却什么也听不清楚。

　　不知道何时,刘恒和贾谊来到屋外,他们躺在王府院子里一座废旧亭台的阶上。可以想象,这里曾经是一座别致华丽的亭台。东边一片不大的池塘,还有残留的荷花偶尔展露峥嵘;北边是干涸的人工湖,面积不大,足够撑开一只小木船;西边是几株高大的垂柳,枝条飘曳拂到地面。当年,王府初建的时候,也许就有王妃站在亭台上扶栏远眺,东边看荷,西边望柳,余兴未尽,还可以到北边的湖里划船游玩,其乐融融。

　　这处景致建在王府前院,所以没有被开发成农田。空闲时刻,府内人员喜欢到这里驻足休息,也算是它的有用之处。刘恒、贾谊躺在台阶上,眺望夜空。空中繁星闪烁,眨呀眨的,是夜空无数的小秘密,正在窥视人间,探寻这个黑色笼罩的世界。刘恒轻轻说:"庄子见游鱼而知道它的快乐,你说,星星也知道我们的心事吗?"

　　贾谊说:"星星们几百年上千年来都在那一个地方窥望人间,它肯定知道许多秘密。"

　　"什么秘密?"

　　"嗯,比如说,这座亭台的秘密,建于何时,毁于何日,什么人在这里游玩过。"

　　"对呀,"刘恒翻身坐起来,"你猜猜看亭台会有什么秘密?"

　　贾谊凝神思索了一会儿,幽幽说道:"也许亭台精致美观,曾经有名士雅客在这里游玩过。"

　　"名士?"刘恒笑道,"这是王府,哪里来的名士?"

"战国末年,四处游说的人士很多呀!他们来到王府,帮助国王出谋划策。这些人不都自诩为名士吗?"贾谊也坐了起来,"战国'四公子'的家里不都养着几千门客吗?秦朝开国丞相吕不韦,家里还有三千门客呢!"

确实是这样,春秋战国时期,诸侯纷争,贵族公卿为了扩大各自的势力和影响,经常在家中豢养门人宾客,待以锦衣玉食、出车居宇,而那些门人宾客积极帮助恩主出主意、想策略、处理大小事情,来作为报答。其中有一些门客游说诸侯间,成了名震一时、权倾一方的人物。贾谊熟读史书,了解许多名人事迹,自然懂得这些典故。

刘恒接过来说:"名士固然风流,可是现在国家安定,这样的人才难有用武之地了。"

贾谊才思敏锐,读诗论经,过目不忘,出口成章,文采超人,他的理想也是成为一代名士,辅助君主安邦定国。可是如今国家安定团结,极需发展巩固,不再是群雄争霸、战火纷飞的年代了,他听刘恒分析当今天下形势,顿感有些气馁,叹气道:"真想见识一下昔日亭台风采。"

刘恒说道:"你想看看昔日亭台的模样,这有何难?明天让工匠们在这里修建一座呗!"

"修建亭台?"

"是,"刘恒拍拍贾谊的肩膀,"以后你就坐在亭台里与我共商天下大计,这不是你的理想吗?哈哈哈。"说着,他摇摇头晃晃身体,做出一副深思熟虑的样子。

"哈哈哈,"贾谊也笑起来,"真有意思。亭台修好了,我们天天在这里读书、写文章,议论天下事。"

两个少年豪杰坐在浩瀚夜空下，你一言，我一语，设想着亭台修建好了以后的情况。快要天亮了，他们才满怀憧憬，回屋睡觉去了。

罢修亭台

第二天，刘恒起床后，来不及吃早饭，就急忙召来了舅舅薄昭。他把修建亭台的想法一说，薄昭立即说："早就该修整一下王府了。我这就去叫人准备。"

薄昭召集有关人员设计策划亭台的初步规模，预算修建亭台的费用开支等等内容。工匠师傅们在王府前院亭台旧址上忙来忙去，一会儿测量土地，一会儿又规划亭台的式样，他们比比划划，讨论着亭台的高度、宽度，以及用什么材质的工料，吵吵嚷嚷，争论不休。

一位师傅说："修建亭台，木料最重要了。王府修建亭台，当然要用最好的木材。我知道一种木料，特别适合建造亭台的廊柱，应该用那种木料。"

另一个师傅说："石料更重要，听说南方有一种石头，玲珑轻巧却质地坚硬，用它修建出的亭台，美观大方。现在非常流行。"

还有人说，规划合理最重要，如果规划不合理，再好的材料也等于白费。

也有人说，规划合理了，材料也合适，可是如果做工不精细、不认真也是白搭。

薄昭见他们互不服气，各自都有主张，不耐烦地说："别吵了，只要你们齐心协力，将亭台修建好了，大王肯定有奖赏，以后王府的修建任务全交给你们。"

　　师傅们围拢过来："真的？奖赏什么？大王一贯主张节俭，还要大规模修建王府？"

　　正在众人议论之时，太后薄姬带领侍女走了过来。早上起来，薄姬吃完饭正要去织室，侍女进来汇报说，前院准备修建亭台，大王请太后去商量一下。修建亭台？薄姬非常奇怪，便快步朝前院走去，正巧，遇见薄昭带着一群人设计亭台。

　　薄昭急忙过来拜见太后，然后笑呵呵地说："大王要在这里修建一座亭台。太后你看，这个地方本来就有亭台，毁坏了，东西北三面都有现成的景观。亭台修好了，再把周围收拾整理一下，就变成美丽的风景了，真是太好了。太后你可以天天到这里游玩，不用去织布了。"薄昭边说边指着四周让太后观看，他满脸开心的笑容，仿佛已经看到修缮完毕后景致宜人的王府风光。

　　薄姬什么也没有说，她看了半天，转身去了刘恒的屋子。

　　刘恒安排薄昭修建亭台后，坐在屋里想了一会儿，突然感觉有些不妥，就急忙命人去请太后。他想，修建亭台是王府大事，应该询问母亲的意见。再有，修建亭台开支会不会很大？他思忖着，这时，太后走了进来。

　　薄姬坐下后，说道："你舅舅带人在前面设计亭台呢！你问过他们开支多大了吗？"

　　"开支？"刘恒说，"还没有预算呢！估计不会太大吧！"

　　薄姬摇摇头："一会儿你舅舅过来，好好问问他。我想问问你，为什么突然想起修建亭台了？"

　　"嗯——"刘恒想了想，说道，"那里本来就有座亭台，修建一下，王府也变得美观好看，错落有致，协调美观。"

　　"是这样啊！"薄姬说，"你历来恪守节俭，可以说省吃俭用，还曾经要求我时时提醒你，严格约束自己。今天突然提出修建亭台，我觉得有点浪费。"

母子二人对望一眼，谁也没再说什么。过了一会儿，薄昭兴冲冲回来了，他还没进屋就大声说着："大王，亭台设计好了，工匠们准备选用上好的材料，修建好了，肯定非常漂亮。"话说完，人也走进屋子，他一看，刘恒母子沉默不语，好似心事重重。他紧张地问道："怎么回事？发生什么事了？"

刘恒抬头看看薄昭，慢吞吞地问："修建亭台的开支费用预算出来了吗？"

"开支？"薄昭回答，"不多，大约需要黄金一百金。"黄金指的是铜，是当时进行交易买卖的一种货币。

一百金！刘恒跟薄姬都睁大了眼睛，需要这么多钱财，开支也太大了。刘恒急忙说："不要建了，花费太大。"

"一百金就不建了？"薄昭也着急了，"王府里花费个百十金算什么？刚来的时候这里穷，建不起，可是现在富裕了，百姓家还添置点家产，你们倒好，国王、太后，住在这么个破烂地方！"

"住嘴！"薄姬厉声阻止薄昭，"你就知道发牢骚，你也不看看国家大事，百姓们刚过上几天好日子，就这么浪费消耗的话，能维持几天。你也应该听听大王的意思。"

刘恒踱步走到门口，转回身来说："一百金确实太多了，我最近刚刚调查过百姓的收入情况，据管理国家经济的官吏说，现在百姓生活水平提高了，普通百姓十户人家一年的开支大约是一百金。一百金等于十户人家一年的开支，你想想看，是不是太浪费了，所以亭台不能修了。"

薄昭仍然不服气，他歪着头，嘴里嘟囔："十户百姓算什么？

代地的老百姓多得很,每家出一点点,不就凑够一百金了吗?"

"不行。"刘恒坚决地说,"修建亭台是我的提议,我没有考虑周全,没有预想到开支这么大。这件事情我做错了,现在必须立即停止关于修建亭台的一切准备工作。"

薄姬见刘恒这么决断,非常满意地说:"知错能改是好样的。"她又转过去看着薄昭说:"我们从小生活清贫,刚刚过上富裕的日子就要忘记以前的艰难吗? 恒儿年幼,他品行端良,知道仁爱,心中有百姓国家,这是好事,我们要辅佐他、帮助他,不能娇惯他,让他走上浮华堕落的道路。你说是吗?"

薄昭低下头,不再言语。

屋门外一阵轻快的脚步声,伴有几声清脆的喊叫,一个人影闪进屋子。是贾谊。他口里喊着"大王",人已经跑进屋内。他看到太后和薄昭,吓得赶紧跪倒施礼。

在他身后跟着进来的是丞相傅宽。傅宽见过太后和刘恒,站在一边不言语。

刘恒问:"丞相有什么事情吗?"

傅宽说:"听人议论王府内修建亭台,所以过来看看,大王有什么吩咐吗?"

刘恒说:"修建亭台花费太大,我已经决定不修了。你有什么看法吗?"

傅宽说:"花费虽然大,可是也增加王府的威严。当年萧相国修建未央宫,先帝曾经指责他过于奢侈,萧国相说壮观才能震慑天下。我也有相同的看法。"

刘恒说:"此一时,彼一时。那个时候国家初定,局势不稳,现在四海一统十几年了,国家太平,还有什么需要震慑的? 当务之急是安抚百姓，发展生产，使国家富强。我身为国主，带头兴建土木，奢侈浪费，不是要让国家堕落吗？"

傅宽急忙说："大王虑事英明，我们比不上啊！"

一场修建亭台事件就这样结束了。

夜晚又来临了，漫天的星斗依然闪烁不停，刘恒跟贾谊又躺在废旧亭台的台阶上。刘恒说："贾谊，我答应你修建亭台，却没有做到，你怨恨我吗？你是不是觉得我说话不算话？"贾谊笑道："大王顾虑天下百姓，而我只想着名士风流，我比起大王来惭愧还来不及呢！怎么会怨恨你。我觉得你给我上了很好的一课，我要好好地向你学习。"刘恒说："我提议修建亭台，说明我有私心，多亏太后及时提醒……"

两个少年在夜空下又开始了窃窃私语，不知道明天等待他们的会是什么呢？

第五章
事母当至孝，重贤礼下士

　　刘恒三年如一日，衣不解带地侍奉卧病在床的母亲，传为千古佳话，《二十四孝经》把他列为第二孝子，可见影响之大；刘恒爱民如子，大旱之年，祈雨求福，修筑水利。在少年国王的感召下，社会风气为之一变，孝贤之才得到推荐和重用，刘恒也以仁孝贤德普受赞誉和尊敬。田叔、孟舒、南风将军这些人才究竟如何走向朝廷的？流传至今的将军座传说又是怎么回事呢？

第一节　干旱突袭

丞相家里问计

烈日当空，酷暑难耐，晋阳城遇到了前所未有的炎热天气。骄阳如火，炙烤着晋阳内外的每一寸土地，大地干裂，万物枯萎，已经好几个月滴雨未落了，干旱像一把利刃刺痛着晋阳的土地。眼看着辛苦耕种的庄稼就要干枯而死，百姓们的痛苦之情无法诉说。

农业社会，干旱是最严重的自然灾害之一。六、七月份是庄稼生长最旺盛的季节，如果遇到连日干旱，没有充沛的雨水，那么庄稼很快就会枯死，不但辛勤耕种和培育化为乌有，就是一年的收成也泡汤了。对于经济刚刚复苏，呈现一派欣欣向荣景象的晋阳来说，这场干旱犹如重棒当头，人们懵然不知所措，谁也不知道该采取什么措施，制止干旱继续肆虐。晋阳自古是军事重镇，朝廷看重它的防御功能，农业设施建设很少，几乎没有任何水利设施。面对突如其来的干旱，人们只能祈求上苍，耐心等待雨水降落。

王府内，几株大树的枝叶无精打采地垂落着，知了在拼命地高声鸣叫，似乎要唤醒死气沉沉的树木花草。尽管它们十分卖力，叫声掩盖了周围一切声响，可是反应依然平淡，空气凝滞，一丝微风也没有,那些花草树木谁也不愿意抬抬头、睁睁眼。

刘恒正在前殿与诸位大臣商量对策。殿内空气沉闷,热气笼罩在每个人的身边,他们满脸汗水,衣服湿湿地搭在身上,一个个垂头丧气,默然不语。

殿内坐着的大臣有薄昭、张武等人。他们大都行伍出身,冲锋陷阵,攻城略地还有些本事,可是讨论农事,就成了他们的弱项,所以许久也没有人开口说话。刘恒见他们不言语,就问道:"丞相今天怎么没有来?"

贾谊回答:"丞相病了,听说几天都没有起床了。"原来傅宽年龄大了,经不起酷暑折磨,一下子病倒了。

刘恒略一思索,说道:"丞相年龄大了,病重不能上朝议事,我应该亲自去看望他。"薄昭赶紧说:"外面阳光曝晒,太热了。大王还是过几天再去吧!"

"旱情紧急,急着解决,我哪里能因为怕热就不理政事,你这样说没有道理。"刘恒说着,起身走出殿外。

侍卫们很快准备好车辆,刘恒坐上马车,直奔丞相傅宽家而去。

傅宽得知刘恒亲临家中,支撑着病体出门迎驾。刘恒急忙搀扶住傅宽说:"丞相千万不要多礼。我是来讨教的,晋阳干旱,情况危急,众位大臣都没有好的办法,你看该如何是好呢?"

他们边说边走进屋子。傅宽颤巍巍坐下后,咳嗽一阵,才缓缓而言:"大王,您心忧苍生,让我佩服啊!"傅宽恪守臣道,每次进言总是先颂扬几句。

刘恒听傅宽这么一说,笑起来:"丞相你就别客气了。现在我们该怎么办?"

傅宽又咳嗽几声，喘口气说："大王，多年来晋阳一直是军事重镇，历任晋阳王侯都没有重视过它的农业发展，所以面临干旱，一时没有好的办法。从长远来看，只有兴修水利，才能长久地预防干旱危害。而当务之急，只有发动百姓，面对现实，勇敢跟干旱做抗争，或许可以暂缓干旱的侵害。"

刘恒听了，思路顿感清晰，他高兴地说："对呀，发动百姓们挑水、运水、引水，利用一切可以利用的水源，也许能保住部分庄稼。"

傅宽继续说："再有就是祈求天神帮助了。只要天降大雨，干旱就迎刃而解了。"当时人们比较迷信神灵，每逢天灾人祸，总要祭祀天神，认为这样就能够得到神灵护佑，灾难也就消失了。

"神灵护佑，方能保一方平安。"刘恒接着问道，"丞相，如果兴建水利，你看具体该如何实施呢？"他现在很清楚，水利才是确保农业丰收的真正神灵。

傅宽说："我在齐国的时候，也见过修水渠的，懂得其中的一些道理。要是我身体好，我就亲自负责兴修水利了。可是我年老体衰，看来快要不行了。我推荐一个人，他一定能帮助大王完成兴修水利事业。"

这个人叫宋昌。他是代地的一名小官吏，为人有勇有谋，而且执政有方，深受百姓爱戴，因将一个偏远城郡治理得井井有条，所以得到提拔，在晋阳做了一名管理国库的官员。

刘恒命宋昌负责修建晋阳水利，果然取得成功。此后，他又在代国各地推行水利策略，帮助代地百姓合理利用水源，农作物产量得到极大提高，代地经济越来越繁荣。

傅宽推荐宋昌不久，就因病情加重去世了。刘恒下令将傅宽厚葬,并且安排他的儿子在代地为官。宋昌呢? 兴建水利立下功劳,刘恒提拔他做了中尉。后来,刘恒如何回长安做皇帝,其中有宋昌更大的功绩,这是后话,暂且不提。

再说晋阳干旱,刘恒亲自探望丞相寻求抗旱良计。他全部采纳了丞相傅宽献出的几条计策,一方面发动群众积极对抗干旱,另一方面任用宋昌兴修水利,还有一条,就是祈雨送福,这个该怎么去做呢?

太后祈雨

当日刘恒去相府,还带了太医和王府尚食监高怯,让他们为丞相傅宽诊治疾病。高怯精通食疗,懂得许多透过饮食治疗疾病的方法,也许可以为丞相恢复病情提供点帮助。

太医和高怯为丞相傅宽做了详细的诊断和咨询,虽然傅宽最终难逃厄运,但从这件事上,可以看出刘恒对于手下臣属非常关心、非常爱护。

太后薄姬知道丞相献计后也很高兴,她听说还有祈雨一事未完成,就主动找到刘恒,跟他商量这件事情。

薄姬说:“自古以来祈雨都是件大事情,你准备怎么做呢?”

刘恒说:“母亲,我还没有想好呢!”

高怯正好在一旁服侍,他躬身说道:“大王,我年轻的时候在赵国宫廷待过,倒是见过几次祈雨场面,不知道大王认为有没有用处?”

“是吗?”刘恒转身朝向高怯,“这太好了。现在代地官吏大多武将出身,对于这些祭祀活动不太懂,丞相又重病卧床,我正愁祈雨事宜怎么安排呢! 如果你懂的话,就负责这件事情吧!”

　　高怯急忙跪倒说："大王，我身分微贱，不能担当这么重要的责任。"

　　古时，祈雨是很隆重的一项活动，表示人对于神灵的敬畏和祈求，不但场面要求严肃壮观，对参与祈雨的人员也有严格要求。高怯是太监，自认为身分低贱，不能总理祈雨大事，所以这么说。

　　刘恒扶起高怯，说道："现在情况紧急，顾虑太多，白白浪费时间。你根据以往经验，先安排有关事宜，有了合适人选，我就让他顶替你。"

　　高怯为难地点点头，又转过脸去看看太后。薄姬说："你就听从大王的安排，先去准备吧！我以前也经历过祭祀活动，有些事情，我会提醒你的。"

　　高怯这才放下心来，他跪拜退出房间，匆忙安排祈雨的事情。

　　薄姬对刘恒说："在长安时，我参加过几次祭祀大典，许多事情还记得清楚，祈雨这件事就交给我去办吧！"

　　刘恒急忙说："母亲亲自操办，我就放心了。只是天气炎热，您要多多注意身体。"薄姬的身体一直比较虚弱，来到晋阳第一年，由于水土不服，天气恶劣，曾经大病一场，落下心慌气短的毛病。劳累过度或者心情不畅，就会引起旧病复发。

　　薄姬说："这几年生活稳定，又经常参加劳动，活动了四肢，我觉得身体强壮多了。"

　　确实如此，虽然此地生活清贫，但是母慈子孝，家宁国安，再也不用忍受宫廷斗争的残酷欺凌，薄姬自认为已经非常幸福。她是个知足宽厚的人，面对眼前的一切，不说心满意足，起码也是相当满意,所以心情好,身体也渐渐有所恢复。

　　薄姬承担祈雨重任后,日夜操劳。祈雨的场所、所用的器具、参加的人员等等事宜,都要仔细琢磨,细心安排,生怕有一丝疏漏。高怯辅助太后,跑里跑外,经常累得汗水淋漓、气喘吁吁。多亏他经验丰富,见多识广,又多年居住晋阳,所以不久就把祈雨的有关事宜安排得差不多了。

　　这天,薄姬带领高怯去见刘恒,向他汇报祈雨准备工作已经完成,只等着日期一到,就可以开始祈雨了。

　　刘恒见薄姬脸色憔悴,心有不忍,扶住她说道:"母亲,您受累了。"

　　薄姬笑着说:"一切工作都很顺利,我也就是听听汇报,辛苦的是高怯。"

　　高怯急忙说:"没有太后指导,我哪里会完成得这么快? 还是太后英明。"

　　日期定在六月十八日,地点选在汾水河畔。大期来临,刘恒和太后率领晋阳城中文武官吏,来到汾水岸边,系舟山山下。许多老百姓听说大王和太后亲自祈雨求福,也尾随而至,纷纷赶往汾水河边。晋阳城内外,人潮涌动,好似佳节盛会至,天下尽欢颜。

　　由于长期干旱,汾水河已经没有往日的滔滔情怀,变得更加温和低沉,河水像赶路久了、疲乏不已的行人,随时都有停下来歇息的可能。系舟山却更高大了,突突兀兀地站在那里,好奇地观望着蜂拥而至的人群,不明白发生了什么事情。

　　太后和刘恒跪在最前面,他们焚香祝祷,祈求上苍普降甘霖拯救世间万物生灵。祈雨过后不久,果然下了一场细雨,雨水虽然不大,却给久遭干旱之苦的百姓带来了希望。

　　后来,人们为了纪念刘恒和太后祈雨造福百姓,将六月十八日定为晋阳的龙王庙会。每逢这天,风云际会,电闪雷鸣,润雨纷飞,雨水如期而至,润泽四方万物。汾水河在这一天也会咆哮而起,水势汹涌,地动山摇,给人一种"河怒三尺浪,平地一声雷"的壮观感觉。

第二节　事母至孝

亲尝汤药

连日操劳，加上天气炎热干燥，薄姬胸闷加重，坚持着参加完祈雨仪式后，她回宫就病倒了。王府内太医多次为太后诊断，确定她是旧病复发，需要精心调养治疗。

薄姬住在一个单独的院落里，院落位于王府中间，三间正房，两边配有厢房。她的房子外表看上去有些破旧，但是瓦檐高飞，廊柱挺拔，窗棂精巧，足见当初这也是一座精美华丽的建筑。室内陈设简单，外间一张边角略微破损的案几，还有一个坐榻，除此之外，墙上挂着一幅绘有山水松柏的图画，更显出室内的清洁淡雅。东边是薄姬休息的房间，里面一张卧榻，四周挂着色调暗淡的帐帘，墙边摆放着镶有铜镜的梳妆台，台子边上安放着两个镀金银竹节熏炉，这是屋子里难得的贵重物品。熏炉擦拭得光亮，呈现出熠熠光彩，熏炉里香烟袅绕，让整个房间充满神秘安详的气氛。西间就是夜间侍女

鎏金银竹节熏炉

们陪侍的地方，摆放着针线、衣柜，还有一些杂乱的日用品。

薄姬躺在卧榻上，眉头紧缩，她觉得心头越来越紧，有种难以抗拒的紧迫感。这已经是多年来的老毛病了，不过这次似乎特别严重。薄姬望着熏炉里缭绕而出的香烟，想起许多往事，颠沛流离的童年，刚刚进入魏豹宫内的岁月，后来得幸遇见高祖，并且一夜孕育皇子——想着想着，薄姬不得不重新思索当年许负为自己相面一事。

薄姬思索着，这件事情她从来没有对刘恒提起过，外人更是不得而知。薄姬非常谨慎，在长安时，她知道自己身分微薄，不敢有丝毫大意。来到晋阳后，虽然没有了血雨腥风的宫廷斗争，但是她还是相当小心，害怕走漏这种消息会招致杀身之祸。

正在胡思乱想之际，侍女进来禀告："太后，大王来了。"

听见刘恒来了，薄姬微微抬头，她心里顿时喜悦轻松许多。不管那次相面如何，刘恒的聪明仁孝，已经让薄姬倍感安慰了。当不当天子，做不做皇太后，在薄姬看来都变得不重要。

一早起来，刘恒就与大臣们议事，张武等人推荐了几位贤人。他们有的是前朝旧臣，有的是山间隐士，也有当朝没有得到重用的官吏。刘恒细心分析琢磨，觉得有些人独具才能，如果能够得到他们辅佐，国家一定会更加强盛。可是这些人大都性格孤僻，难以接近，必须有一定说服力才能说动他们。

刘恒一边考虑这些事情，一边匆忙朝太后院子走来。他看见院子里几丛兰花娇翠欲滴，细小的花朵怒放着，心里轻轻一动，是不是太后的病有所好转了？她喜欢侍弄的兰花前几天都枯萎了，现在突然茂盛，是不是太后亲自为它们浇水、施肥，它们也高兴了、活跃了？

刘恒兴冲冲走进太后卧室,一眼看到太后依然躺在卧榻上,高兴的心一下子又跌落回去。他紧走几步,上前问道:"母亲,今天感觉怎么样了?"

薄太后陵

薄姬轻声说:"好多了。你今天跟大臣们议事了吗?"

"议了,刚刚回来。"刘恒说着,用汗巾轻轻擦拭太后脸上的汗珠。

"那就好。你已经长大了,需要学会处理国家事务,记住,要尊重大臣,他们经验丰富,还有人是先帝时的旧臣,立下不少战功。治理国家需要他们辅佐。"

侍女又进来禀告:"太后,药煎好了。"

刘恒急忙说:"端过来吧!"很小的时候,他就曾经亲自喂母亲服药,这次他也自然而然地端过药碗,准备再次喂母亲服药。

薄姬说:"你已经是大王了,还要亲自喂我服药?"

"不管我是不是大王,您始终是我的母亲,喂母亲服药是天经地义的事情。"刘恒说着,舀起一勺汤药,放在嘴边轻轻吹拂。

酷夏时节,屋内湿热闷浊,汤药的热气很快盈满室内,热度似乎一下子又提高了许多。

薄姬说："你回去看书吧！让侍女们服侍我。"

"不用，"刘恒说，"您服完药我再去读书。"说着，先轻轻尝尝汤药，看是不是温凉适宜，然后再将一勺汤药送到薄姬的嘴边。

薄姬含下汤药，眼睛里溢满幸福的泪花。

刘恒将汤药一勺一勺喂给薄姬。喂完以后，刘恒轻轻扶薄姬躺下，再次帮她擦拭脸上的汗珠。然后，刘恒走到熏炉前，拨弄几下里面剩余的香料，回头说道："母亲，听人说南方有一种香料能够驱散炎热，我已经派人去购买了。"

"别再破费了。我躺在这里，什么也不做，能热到哪里去？"

"您有病在身，怎么能跟普通人比呢？"

母子俩又说了一会儿话，刘恒叫过一个侍女，叮嘱她说："好好服侍太后，千万不可大意。"她是薄姬身边的贴身侍女，跟随薄姬多年了，名字叫做小环。小环聪明伶俐，忠贞可靠，薄姬非常信任她。小环赶紧回道："大王您就放心吧！我一定尽心服侍太后。"她看了太后一眼，低下头轻声说："有一件事，不知道该不该跟大王说。"

小环有何事要告诉刘恒呢？是不是太后叮嘱过不能向外人泄漏的秘密呢？

三年如一日

小环闪烁其词，引起刘恒好奇，他问道："你有什么事情，只管告诉我。"小环再次看看太后，垂下头低声说："每次大王来，太后都特别高兴，病情也减轻不少。可是大王您一走，太后就会惆怅不乐。"

薄姬慌忙制止小环："小孩子懂什么，不要乱说。"

小环噘着嘴说："就是这样的。太医说只有心情舒畅，太后的病才会好得快。可是大王不在的时候，您总是郁郁苦闷，这样下去，什么时候才能好起来？"

薄姬叹气说："大王有大王的事情，不能耽误大王做事。好了，你别说了，出去吧！"

小环仍然不服气，她看看刘恒，转身出去了。

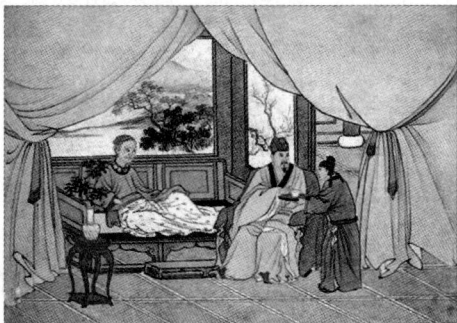

刘恒侍药图

刘恒说："母亲，是我疏忽了。我搬过来服侍您，日夜守候在您身边。"

薄姬急忙驳斥："不行，你是大王，需要处理的事情太多了，不能因为我耽误你工作学习。"

刘恒说："母亲，您说错了。我的事情再多，可是孝顺是首要的，我哪能本末倒置？"

薄姬仍是不同意，最后刘恒说："我每天先处理完政事，然后再过来服侍您，这样总可以了吧？再说，我在您这里照样可以读书学习，还能听您给我讲故事，一举两得，何乐不为？"

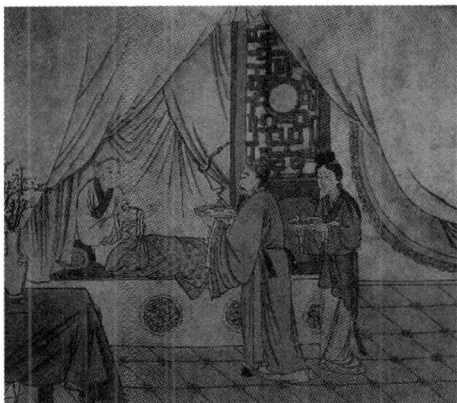

　　薄姬只好答应。刘恒命令侍女收拾出西边房间，然后又在薄姬的卧室安置了一张卧榻，搬到了薄姬的屋内。白天，处理完政事，做完必要的工作，他就回到薄姬的院子，服侍母亲，端水喂药，无微不至。夜里，他睡在母亲屋内，衣不解带，侍奉左右。每听到母亲一声轻微的咳嗽，他都赶紧起来，观察母亲病情有什么变化。

　　刘恒服侍太后，每次都亲口品尝汤药，渐渐总结出经验。他跟太医讨论草药医学，竟然懂得了许多医学方面知识。一次，太医开了一个药方，交给侍女让她们去抓药、煎药。由于太医没做特殊交代，侍女们就把药物按平时煎药的方法煎了。煎完以后，把汤药端给刘恒，刘恒尝药时，感觉不对劲，他急忙让人找来药方，仔细核对后，发现药物没有什么错误。然后他又叫来煎药侍女，一问才知，这剂药在煎制时，需要将十几味药按顺序先后放入药锅，与以往煎药习惯不同，而太医没有交代，侍女自然不清楚其中秘密，依然按原先煎药的习惯，将十几味药一股脑儿放进锅里煎煮,结果自然口味异样,疗效也不会太好。

刘恒还命尚食监高怯根据太后病情,制订了几套均衡的饮食方案。他虚心向高怯求教,了解每种食品的特性,熟悉食疗的具体意义。

高怯是赵国人,他自幼生活在赵国后宫。赵国北临匈奴,因此他也熟悉了许多抗击匈奴的英雄事迹。刘恒知道高怯的这个特长后,吃饭时,经常喊他同食,借机了解赵军如何抵御匈奴入侵。他清楚代地的重要任务是防御匈奴南侵,无时无刻也没有放松过这根神经。

经过刘恒耐心侍奉,薄姬的病情渐渐好转。于是薄姬说:"我的病快要好了,你不用白天黑夜地服侍我了。"

刘恒说:"我侍奉母亲,一定要到您的病情痊愈。"

三年过后,薄姬的病情彻底痊愈。症状完全消失,身体比生病以前还要强壮。三年的时间里,刘恒始终如一服侍在太后身边,真正做到了《弟子规》中说的:"亲有疾,药先尝,昼夜侍,不离床。"

刘恒三年如一日侍奉母亲的孝行很快传遍晋阳,传遍代地,甚至传到了全国各地。所有的官吏也好,百姓也罢,无不为他的举动所感染,人们争相传颂他的仁孝事迹,将刘恒列入《二十四孝》当中,排名第二。

后人曾经有诗称赞刘恒的孝行,诗曰:

仁孝临天下,
巍巍冠百王。
汉庭事贤母,

汤药必亲尝。

　　这也是刘恒治理国家天下,获得众人支持的重要原因。孔子在《孝敬》中说:"是以天下和平,灾害不作,故明王以孝治天下也如此。"明哲的君王,用孝来治理国家,天下自然太平,人民安定,风调雨顺,国势昌盛。

第三节　南风将军与将相座

南风将军

四月间,小草已经长成了一片绿色的海洋。刘恒在贾谊的陪同下,再次去系舟山禹王洞游玩。他们轻车简从,只带了几个侍卫。几个人来到山下,顺着北麓攀援而上。刘恒虽然一直生活在深宫后院,但他勤劳艰苦,并不惧怕山路艰险,为了锻炼自己的身体和意志,他一马当先,走在队伍的最前面。

攀爬多时,终于到达山顶,刘恒他们站在山顶振臂高呼,欢庆胜利。这时,从山顶俯视晋阳,只见城郭隐现,岚烟缭绕,古迹名胜,华光葳蕤。地势高低起伏,曲折蜿蜒有致,水土和谐相融,主次分明有序。细观城中气象,但见东西两列黄土山梁,南北而卧,如龙盘踞,如鲤亮脊,宁静沉稳,驮伏一方胜境。中间民舍巷陌,顺山沿河错落,青瓦茅舍,炊烟绕树,胜似山水泼墨。东山文昌祠,西梁龙王庙,恰似龙之双目、虎之双珠,俯视整座城郭,气定神闲,佑福祈祥。静观城前汾水河蛟龙吐水,奔腾咆哮,波澜起伏,藏龙卧蛟,大气磅礴,难以细表。难怪后人有诗盛赞:

> 淘淘洪水溺人寰,
> 圣德、神功济世艰。

不信当年昏垫险，

请看云际系舟山。

　　赏完晋阳城景，几人来到禹王洞前。禹王洞位于系舟山的
山腰，站在洞口，俯视系舟山，林茂花繁，鸟飞鹤翔，美景如画，沁
人心脾。刘恒不由得感慨天地造化之神奇，一阵唏嘘。

禹王洞

　　几个人转身进入禹王洞内。禹王洞是一天生洞府，幽暗奇
妙，深不可测。深入洞中，但见九曲回肠，造化万端，云烟氤氲，
气象万千。时有阴气□纳，袭人彻骨，恍如阴曹地府。万千石
笋、石花、石佛，参差交错，数不胜数。鬼斧神工、天造之象，妙不
可言。步移景换，各不相同。金龟洞，金龟昂首，俨然瑞兽迎宾；
神仙洞，八仙过海，尽显神仙本色；水晶洞，晶莹亮丽，势压东海
龙宫；一线天，别有洞天，不同人间景象；无底洞，深不可测，有万
劫不复之险；会仙桥，仙人指路，普度众生脱苦海……三厅十洞，
长约四五里，众人流连盘桓多时，不舍离去。

　　游览完毕，走出洞府。刘恒倚在一棵千年老槐树上，闭目沉

思。大禹治水继承天下，多么令人敬佩的先人圣者。先帝征战四方，统一天下已经十余年了，大汉王朝步履维艰，度过了艰难的岁月。现在国家朝政由皇太后吕氏把持，听说她重用吕氏族人，多与刘氏后裔有过节。刘恒已经知道赵王如意被害的消息，他也只能深深叹息，皇帝不能亲临朝政，长此以往，汉家江山将走向哪里？出路在何方？刘恒在代地勤垦努力，督促百姓耕种，官吏勤俭，使代地富裕强盛起来，可是这里只是大好河山的一角。如果江山有变，这一方小小的水土能保持完好无损吗？重创之下，岂有完卵。

贾谊跑过来，他指着晋阳城的南方说："听说南边有一道山沟，里面绿树成荫，鲜花满地，还有好吃的野果奇珍，什么时候我们去那里看看？"

刘恒回过神来，顺着贾谊手指的方向望去，说道："爬山是为了锻炼身体，磨练意志，跑到一条山沟里去做什么？"

贾谊说道："哎，大王这么说就不对了，山沟里崎岖复杂，藤萝缠手，遍地奇石怪木，去这样的地方也是一种锻炼，锻炼胆量和勇气。"

刘恒笑道："随你怎么说吧！我也不想去。除非那里有贤人志士。"

"大王一心寻求贤人，出来游玩也记挂这样的事。"

两个人正在闲聊，一名侍卫带领一位老者走过来。老人年逾花甲，背不驮，腰不弯，身体硬朗，面容清瘦矍铄。侍卫上前说道："这个老人在附近转来转去，以防不测，我把他抓过来了。"

老人上前施礼说："我经常在山上砍柴烧，今天见这里人多，就过来瞧瞧，没想到得罪了官爷。"

刘恒说:"老人家你就住在这山脚下吗?"

"是。"

刘恒问:"附近百姓的生活可好?"

老人急忙说:"好,有饭吃、有衣穿,终于过上安稳日子啦!"

"这样就好,"刘恒说,"你去砍柴吧!"

老人迟疑了一下,抬头看看刘恒问道:"您是南风将军吗?"

南风将军? 众人面面相觑,不知老人是什么意思。刘恒好奇道:"我不是。请问南风将军是谁?"

"噢,"老人沉吟一会儿说道,"南风将军游走晋阳内外,行侠仗义,是个大英雄。"

"有这样的事?"刘恒赶紧问道,"你知道他在哪里吗?"

老人笑起来:"听说住在南边马峪沟内,他喜好山水,所以我把您当成他了。"

刘恒也笑道:"可惜我不是南风将军。"

老人说:"公子气度不凡,也一定是大户人家子弟。听说南风将军仪表堂堂,他的祖先好像是赵国贵族。"

民间有这样一位英雄人物,刘恒心情非常激动。他又跟老人谈论多时,详细探听有关南风将军的情况,然后带领侍卫下山去了。

贾谊跟在刘恒身后,得意洋洋地说:"这下该去南沟探险了吧!"

将相座

第二天,刘恒果真带领贾谊去了晋阳南边的马峪。他们一路打探,随着人们的指点进入一条沟谷之内。晋阳东、西、北三面环山，南面虽然没有高山峻岭，却属于丘陵风貌，仍然有低矮的山丘，伴着深浅不一的沟壑浅谷，形成一种独特的地貌景观。

沟谷内，槐树成林，一棵棵，或粗或细，一株株，有高有低，枝叶伸展，槐花飘香，景致宜人。花香四溢，引来无数蜂蝶，翩翩在花丛树林之间，蜜蜂忙着采蜜，蝴蝶急于展示迷人的舞姿，各得其所，各得其乐，一副天然好风景。

林间有几处茅屋、草亭，仔细辨认就可以看出它们有的破旧了，有的却是新建筑的，没有经过过多的风雨剥蚀。

刘恒和贾谊前行了几百米，看到一块大石头，石头平整光滑，仿佛鬼斧神工故意磨平的一块桌面，四周零散几块略小的石头，也都是四四方方，有棱有角，好像专门供人坐下休息的座位。

两个人跑到石头上歇息玩耍了一会儿。刘恒说："这块石头这么光滑，一定经常有人坐在上面，我们就在这里等等，说不定会有人来。"

贾谊手扶大石，低声吟诵道："我有大石兮，盘踞山林，何日得以重用兮，翘首以待。"

刘恒笑道："你作此文，可以叫做《大石赋》。"

两人哈哈大笑。

突然一声嘹亮的歌声传来，声音浑厚有力，震响林樾之间，蜂飞蝶舞，莺歌虫鸣，生灵一片活跃忙碌。

歌声戛然而止，一位白衣男子站在刘恒和贾谊的面前。这位男子二十岁上下，身材挺拔，面目俊朗，眼神光彩熠熠。刘恒急忙拱手问道："请问您就是南风将军吗？"

年轻人打量眼前的两位少年，一个五官清秀，眉宇间才华外露；另一个却神色沉着，似有磅礴之气萦绕身边。他拱拱手说：

"正是,请问你们是——"

贾谊回道:"我叫贾谊,家住晋阳,这位是我的朋友,我们听说你豪侠义气,特来拜望。"

南风将军指着刘恒说道:"如果我没有猜错,这位应该是代国国王。"

贾谊诧然:"你怎么知道的?"

南风将军笑道:"他身有龙虎之气,林间万物生灵见到他,都与以往不同。我在这里住得久了,熟悉这里的一草一木,今天两位贵客前来,谷中生灵都有所感应。"

刘恒说:"将军过奖了。我倒是觉得此地感染将军英气,与别处大不相同。"

三个人说着说着,分别在石头上坐下来。南风将军伸手从大石头底下掏出一个酒葫芦,他摇摇葫芦说:"久逢知己,应该把酒言欢。"说着又拿出三个玉制酒杯,递给刘恒和贾谊,三个人斟满酒,边喝边聊。

原来,南风将军本是先秦时赵国贵族后裔,赵国被秦消灭后,赵公子带人逃亡代郡,在当地生存下去。南风将军正是他们的后人,他自幼酷爱武功剑术,练就一身好本领。由于身世关系,南风将军不愿意到朝廷为官,所以隐居山林间,只做些除暴安良、行侠仗义之举。

刘恒说:"将军侠义之士,心忧百姓,应该放弃私念,报效国家,为百姓谋求更大的福利。"

南风将军说:"我觉得现在清闲自在,无忧无虑,倒也不错。"

贾谊说:"国家稳定,百姓生活才能自在,世人都跟你一样隐居林间,谁去护卫国家,保护黎民百姓?"

南风将军低头不语，刘恒接着说："天下初定，内忧外患还有很多，将军如果能以国家为重，将是国家之幸。"

贾谊说："我听说战国时期，赵国大将李牧镇守边关多年，匈奴不敢入侵，赵国趁机发展农业，国家强盛起来。李牧受到小人排挤后，仍然不忘报国，坚守边境，将军认为这样的人可敬吗？"

南风将军喟然叹道："你们说得很有道理，可是我能做什么呢？"

刘恒说："将军武功超群，又熟读兵法，可以驻守边境，防御匈奴入侵。"

南风将军听取刘恒的建议，来到晋阳做了一名将军，后来刘恒任命他去云中郡辅助孟舒，共同抵抗匈奴，立下不少战功，官拜大将军。

后人多传颂南风将军的事迹，把他与刘恒、贾谊喝酒坐论天下事的大石头敬称"将相座"，并传说，举凡坐过这块石头的文臣武将都能辉煌发达。后来，这块石头被保存下来，古代当地人去进京赶考之前，都会提上一壶酒，坐在"将相座"上大醉一回，这样出去的士子学生，大多前程光明，仕途坦荡。

第六章 大义灭亲情，双滩立碑庙

　　刘恒仁孝有名，礼贤下士，提拔重用了许多才华出众的人才，但是他对自己和亲人要求非常严格，做到执法严明，大义灭亲，让人深深佩服，颇得百姓爱戴。

　　薄昭是薄姬唯一的弟弟，保护刘恒母子来到代地，并且帮助刘恒治理代国，可算是有功之臣。可是他纵马扰百姓，纵子逞凶，引起百姓怨恨，面对亲情和恩情，刘恒能不能依法行事，惩治罪人呢？

第一节　惊马扰百姓

惊马喊冤

晋阳城的西边有一个面积不大的湖泊，名叫马鸣湖。湖水由汾水河的分支汇聚而来，风光天然形成，景色优美宜人。晋阳城处于丘陵和黄土高原交接地带，山峦起伏，土地贫瘠，空气干燥，地理环境比较差，难得有这样的好景致，因此晋阳城中富裕人家时常去马鸣湖游玩。

薄姬身体痊愈后，一天，刘恒对她说："听大臣们说，城西的马鸣湖景致不错，我陪母亲去游玩散心可好？"

薄姬说："也好，出去转转随便看看百姓们的生活情况。"

侍女小环急忙收拾外出用的物品，薄姬说："路程不远，不用准备许多东西。"

小环说："太后的病刚好，要多注意。"

薄姬笑着说："就你知道心疼人。"

刘恒陪薄姬走出院子，来到停放着马车的王府外院。薄姬走到马车前，手扶黑马说道："这可是匹好马，陪伴我们好几年了。"

这匹马正是当年刘恒离开长安，远赴晋阳时乘坐的黑马。它跟随刘恒已经七八年了，七八年的时间过去了，它看上去有些老态龙钟,身体早已没有了当年的强壮,毛色也灰暗干涩,眼睛里时常不自觉地流露出斑斑泪痕。它是老了,虽然主人一直那么喜爱它,虽然一直得到细心的照料,可是时光无情地催促它走向衰老。

刘恒说:"马老了,该让它好好歇歇了。"

黑马摇着脑袋,四蹄来回挪动,它好像听懂了薄姬和刘恒的话,回应主人说:"谢谢主人夸奖,瞧,我还很有力气。"

刘恒陪同母亲乘上马车,出王府奔城西而去。

来到街上,薄姬朝四周观望,她想看看城中百姓都在忙碌什么。五月间,天气暖热适宜,草木旺盛,生灵苗壮,正是万物生长的好时机,也是人们生产、买卖的好日子。

薄姬观望半日,不免有些奇怪,街上没有行人,店铺也没有开张,空荡荡的街道,沉寂寂的房舍建筑,连一两声的狗吠鸡鸣也显得那么遥远,仿佛来自另一个世界。怎么回事?薄姬回头看看刘恒问道:"今天怎么这么安静?我像是在梦中一样。"

刘恒说:"母亲刚刚病愈,我担心路上行人嘈杂,惊扰了你,所以让舅舅提前做了安排。"

薄姬说:"做安排?防止我们发生意外?"

"是啊!还是小心为好。"

母子两人说着话,马车已经驶出晋阳城,冲上了一座通往城外的石桥。过了石桥就是郊外乡村,远处成片的田地已经遥遥在望了。

石桥修建的时间久了,桥面上凹凸不平,马车颠簸几下,摇摇晃晃驶到桥的中间。刘恒急忙伸手扶住薄姬,叫道:"母亲,小心。"

正在这时，黑马突然一声长嘶，抬起前蹄又重重地落下。这一下，晃得厉害，刘恒和薄姬在车上前仰后合，差点摔出车去。再看黑马，立在那里不动了。

刘恒扶薄姬坐好，站起身来刚要呵斥黑马，却看到黑马前面正跪着一个人！那人跪在那里，头也不抬，高声叫道："冤枉，冤枉，冤枉。"

有人拦车喊冤，这是怎么回事？刘恒迟疑之际，早有侍卫跑过来将喊冤人架起，拖到一旁。刘恒喝道："你有冤情为什么不去衙门申诉？太后外出，早就通令各处清除路障，闲杂人等不得随意惊扰。你胆大妄为，故意拦车喊冤，不怕惊吓了太后吗？"

喊冤人哭诉着说："小人冤枉，并非有意惊吓太后，请大王明察啊！"

这一惊吓，确实非同小可，薄姬坐在车上，好一会儿才恢复过来。她听到刘恒跟喊冤人的对话，轻声说道："不要责怪他了，问问他有什么冤情，告诉他去衙门告状。"

刘恒说道："此人确实可恶，多亏黑马温顺，要是匹脾气暴躁的马，还不受惊了。如果马受惊逃走，太后可怎么办？"他越说越气，命令侍卫："把这个人押回去，交给郎中令张武，仔细审查。"

喊冤人一听，立即跪下去，捣头如蒜，嘴里喊着："大王，千万不要把我交给张武，不要把我交给张武。小人告的正是他啊！"

状告张武？刘恒心里一惊，他问道："张大人犯了什么法？你要告他，有什么凭据？"

喊冤人抬头回答道："大王，您听我慢慢跟您说啊！"

究竟这个人有何冤屈，张武又做错了什么，为什么他一定要找刘恒告状呢？

圈马扰百姓

喊冤人名叫李季,家住晋阳城西三十里外的李家沟。李家沟是个小镇,有几百户人家,这几年风调雨顺,天下太平,官府减免赋税,鼓励生产,镇上的人过得倒也丰衣足食,安居乐业,真是多年来从没有过的好日子。

前不久,李家沟西边突然驻扎了一队人马。人员不多,可是马匹强壮剽悍,足有上百匹。这些人马驻扎下来,引起了李家沟人的恐慌。

他们议论道:"是不是又要打仗了? 怎么这么多马匹?"

"那么多马要吃多少草料? 我看田里的庄稼保不住了。"

"还庄稼呢! 要是真的开战,命都保不住了,哪顾得了庄稼!"

李家沟西边是大片的庄稼地,阡陌纵横,良田百亩,这一片土壤肥沃,农作物长势良好,是块种庄稼的好土地。李家沟人勤劳能干,在这里耕种、收获,年年收成都不错。

眼看着一大群马圈养在庄稼地旁边,百姓们能不担心吗? 他们纷纷去找李家沟的镇长,向他询问这件事情的来龙去脉。镇长叫李伯,正是前面说的惊马喊冤人李季的大哥。李伯也觉得奇怪,平白无故怎么出现这么多马匹,官府也没下什么公文准备战事啊! 怎么回事呢?

于是,李伯带着满腹疑惑亲自去圈养马匹的地方探寻明白。去了一问才知,原来这些马匹都是国舅爷薄昭家的。薄昭家养了许多马,马匹太多,府中容不下,他就命人将马匹圈到各地去养,大部分都圈养在晋阳附近的村镇上,薄昭再派家中信得过的侍从去看护、喂养马匹。实际上等于各地百姓分担马匹的草料和场地。

李伯探听清楚后，回去与众人商议，他说："这是国舅爷的马，我们可得罪不起。以后不要再过问了。"

百姓们听说是国舅爷的马，只好姗姗散去。

没过几天，人们发现这些马开始到田里毁坏庄稼。有时候，几匹马撒起野来，一会儿就能毁掉一大片庄稼。人们又沉不住气了，去找李伯商量。

有的说："马太多，我们的庄稼经不起毁坏啊！"

有的说："国舅爷也要讲道理，庄稼毁了，今年的粮食就没了。拿什么吃饭？"

还有人说："我们镇子南边不是有条大沟吗？您去劝劝国舅爷，让他把马圈到那里去养不成吗？"

李伯一听，觉得有道理，他急忙动身去见负责看护马匹的人。

马匹驻扎的地方，中间搭了一座高大的帐篷，好似出兵打仗驻扎的营地。李伯来到帐篷前，看见一个侍卫守卫在那里，赶紧过去躬身施礼，说道："官爷，小人想去求见管事的大人。"

侍卫打量他一眼问："你是做什么的？"

李伯说："我是李家沟的镇长，有事向大人汇报。"

侍卫哼了一声说道："什么镇长，你知道负责这匹马的是谁吗？说出来恐怕吓死你，是国舅爷的大公子。快回去吧！别在这里啰嗦了。以后我们就长期在这里牧马了。"

李伯赶紧说道："大人，我正是为你们想了个长久的计策啊！你让我进去跟公子说说吧！"

"公子也是你随便见的吗？走吧走吧！"

　　李伯没有见到薄公子,就被侍卫轰走了。

　　回到家中,李伯仍然不甘心,他想了想,觉得达官贵人也不能倚仗权势,欺压百姓,毁坏农田。于是他召集来自己的兄弟,跟他们说:"我不能眼看着马槽踏庄稼,我要找地方说理去。"李季叹息道:"你到哪说理?在我们这个地方还不是国舅爷一手遮天?这样吧!你带点礼品去求侍卫,说不定他能让你见到公子,你先跟公子说说这些情况,再做打算也不迟。"

　　李伯带了一块祖传的玉佩去见侍卫,侍卫听他说可以到南边沟中牧马,既能保证马的草料,又不打扰附近百姓,也认为是个好办法,就把他引见给薄公子。

　　说起这位薄公子,可不是一般人,他是薄昭的独生子,名叫薄川。薄川的母亲生下他以后就去世了,薄昭非常疼爱他,一直把他带在身边。薄川呢?自幼不爱读书,喜好舞刀弄枪,由于娇生惯养,他的脾气暴躁,做事任性,虽然跟刘恒是表兄弟,两人却不大来往。薄川不喜欢刘恒读书学习,刻苦上进,刘恒更讨厌他心无定性,蛮横无理。

　　薄川爱好刀枪,也喜欢马匹,这次正是他从薄昭养的马中,挑选出近百匹良马,拉到李家沟来加以训练培养。他对薄昭说:"这匹马训练成功了,对外可以抵御匈奴,对内可以镇压百姓,对抗与我们作对的人,保护我们家的安全。"

　　薄昭听儿子这么说,觉得他长大了,能为自己分忧了,非常高兴,也就支持他去李家沟养马、驯马。

　　再说李伯,终于见到薄川了,他以为陈述利弊,薄川肯定会带着人马去南边沟中。哪曾想,薄川性格暴躁,正急于把马匹训练成宝马良驹呢!听说叫他去沟中牧马,勃然大怒。他喝道:

"区区山沟之中，哪能训练出好马？你这样说，是不是欺负我没有本领？"

李伯赶紧说："公子，南沟不小，非常开阔，绝对可以驯养你的百匹良马啊！"

薄川说："我自幼懂得马术，难道要你来教导我哪里适合养马？你走吧！"

李伯花费一块玉佩才得以见到薄川，哪肯轻易离去。他想了想又说道："大王督促百姓发展生产，李家沟的农田都是官府中示范的良田，如果今年收成不好，到时候不好向上面交代。"

薄川拔出佩剑指向李伯："你是什么人，敢拿大王来吓唬我？我告诉你，大王是我的表弟，我就是杀了你，大王也不会怪罪我。"

李伯没有想到薄川如此骄横跋扈。几年来，他带领李家沟百姓勤劳耕作，取得不少成绩，多次受到官府夸奖，而且大王也曾经亲口夸赞过他们。这些都是巨大的荣誉，也是他们的骄傲，现在这一切要被马毁了，李伯气冲脑门，他挺起胸膛说："公子要杀要剐随便，但是你必须把马圈到南沟去。"

薄川哪里受过这样的顶撞，谁又敢这样指使他！他恼羞成怒："你敢这样跟我说话？好，要想死太容易了，我一剑结束你的性命。"

李伯一点也不畏惧，他说："只要你肯把马圈走，我自己死在你的剑下。"

"嘿嘿，"薄川冷笑道，"好，你就死吧！我马上把马赶走。"

话说到这里，李伯觉得没有了退路，他怒视薄川，什么也没有说，望望胸前的剑锋，猛扑下去。薄川的剑已经来不及收回，只见鲜血喷洒而出,射到几尺开外,李伯摇晃几下,砰然倒地。整个帐内寂然无声,血腥气迅速膨胀弥漫,众人呆若木鸡,不知所措。

薄川颓然坐到地上,双眼无力地瞪视着前方,他也没有想到会有这样的结果。

半晌后,侍卫们将帐内收拾干净,把李伯身上的血迹擦净,抬到外面。然后,派人去李家沟送信,说李伯在路上遇到强盗,遇刺身亡。

李季他们闻此噩耗,大吃一惊,李伯去的时候还好好的,怎么不过半日就死了?听说遇到强盗,他们更是不相信,方圆几十里从没有强盗出没,况且大白天的,李家沟距离营帐不过几里路,一路上,大道平坦,并无丘陵沟壑,怎么可能有强盗作案。

后来,他们听说了事情的经过,李季就把薄川告上公堂,希望惩办杀兄的仇人。

官员们接到案件后,都不敢审理,一级一级,就上传到张武的手中。张武看过案卷,也是大吃一惊,他赶紧找到薄昭商量对策。

薄昭只知道薄川去驯马,没有想到他惹出人命案来,一时惊吓得无计可施。张武素与薄昭相善,两个人关系不错,他想薄昭是大王的舅舅,说什么也要保住他的儿子。于是张武说:"为今之计,让薄川赶紧逃走躲避一下风声,等到事情过去了,再接他回来。再有,安抚受害者家属,多给他们点钱财,只要他们不告了,也就没事了。"

薄昭连连点头说:"对对对,可是让薄川逃到哪里去?"

张武说:"云中郡虽然偏远可也安全。"

　　薄昭听从张武的安排,送走薄川,又托人给李季家里送去许多珠宝钱财,安抚他们,叫他们不要再上告了。

　　李季并不甘心屈从权势富贵,他知道要想告倒薄川只有面见刘恒,可是刘恒身为国主,深居王府,岂是他想见就见的?现在他又得罪了国舅,更是没有人敢为他通风报信。李季在晋阳状告无门,正准备回家想办法,这天早晨,他突然听说刘恒要侍母外游。官吏们招贴告示,清除沿街道路障碍,行人也不能随意走动,李季觉得这是面见刘恒的好机会,可是路上行人不准停留,自己藏到什么地方呢?他忽然想起城外的石桥,便匆匆赶往桥边,躲到桥底下藏了起来。开路的侍卫们没有发现他,等到刘恒的车辆到达桥上时,他便冲出来,上演了一开始惊马喊冤的一幕。

第二节　大义灭至亲

纷纷求情声

听完李季的诉说,刘恒和薄姬都吓呆了,薄川杀人逃跑,薄昭和张武包庇罪犯,这是多么严重的罪行啊!

刘恒命人带回李季,严加看管,待他亲自审理。他自己先护送薄姬回王府。

薄姬一路没有言语,本来气色刚刚好转的脸上又开始乌云密布,似乎一阵轻微的风都能带来倾盆大雨。刘恒和小环搀扶着薄姬,走进王府,走进薄姬的院子,走进卧室,走到床边,让她轻轻地躺下。熏炉里依然青烟缭绕,屋子里香气盈盈。刘恒在这个屋子里住了三年,三年如一日地侍奉卧病在床的薄姬。可是今天,他突然觉得屋子里香气这么沉重,让他感到呼吸都有些困难。他垂手立在薄姬的床前,看着母亲紧闭双眼,一语不发。

小环已经请来了太医。太医走进屋子,搭手把脉,许久说道:"突然遭受刺激,心神不宁,需要好好调养,不能再有什么闪失了。"他开了药方,并没有交给小环,而是递给刘恒:"大王,您看这样可好?"

刘恒清醒过来,接过方子,看了多时说道:"太医你就多费心吧!"

太医说:"这次,我亲自为太后煎药,确保万无一失。"

小环说道:"太医,为太后煎药的用具在厢房里,你随我来吧!"

小环带走太医,房间里只剩刘恒和薄姬。他俯身唤道:"母亲,母亲,您感觉好些了吗?"

薄姬轻轻睁开眼睛说:"我没什么,没什么,你去忙吧!"

听见母亲说话,刘恒松了一口气,他说:"太医刚刚为您把过脉了,无大碍,吃完药就没事了。"

薄姬突然说:"你去看看熏炉里的香还多不多,你从南方采购的这种香料确实不错,香气很纯正,好像还是在长安时,我用过这种香料。"

刘恒走过去看了看,回身说道:"还有不少呢! 母亲,您要是喜欢,再让他们采购。"

"不用了,"薄姬说,"花费挺大的。"

刘恒说:"母亲多年来就这么一点爱好,如果我不能满足您,是我不孝。"

这时,侍女进来汇报,薄昭等大臣求见。原来,薄昭等人听说了李季惊马喊冤,急忙进王府求见刘恒,想为自己开脱罪行。薄姬对刘恒说:"你去吧! 我不想在这里见到你舅舅。"

刘恒来到前面,众位大臣侍立两边,谁也没有言语。刘恒脸色凝重,开口说:"你们要求见我,有什么事吗? 请讲吧!"

片刻过后,张武上前施礼说道:"大王,李季状告薄川,实在是无中生有,夸大其词,请大王明察。"

"噢,"刘恒故作奇怪地说,"看来大人审理过此案。"

"这——"张武自知失言,只好接着说,"下级官吏申报上来,我粗略看了一眼。"

"人命案子,怎么能粗略看一眼呢?大人素以严明法纪著称,不能这么疏忽大意吧!难道是因为此案与薄昭有关吗?"

众人见刘恒毫不避讳谈及薄昭,纷纷施礼请求道:"国舅爷忠诚能干,多年来辅佐大王竭心尽力,大王看在国舅爷的面子上,一定要开恩宽宥薄川。"

刘恒看看面前众人,几乎晋阳城所有官吏都到场了。他们说得没错,自从来到晋阳,薄昭事事处处以刘恒母子为重,保护他们的安全,维护他们的地位,照料他们的生活。可以说,刘恒能够在晋阳如此顺利地生活,推行其"无为,而无不为"的治国策略,并且取得显著成就,薄昭功不可没。

张武又说道:"薄川驯养马匹也是为国着想,他准备把马匹送给边境将官,资助他们抗击匈奴。"

薄昭急忙说:"大王,薄川亲口说过,他驯养马匹,确实是为边关准备的。"

刘恒说:"你们不用说了,我会调查清楚事情真相的。王子犯法与庶民同罪,真相大白之后,我自然会做出决断。"

遣散众人,刘恒坐在殿内沉思良久,他了解薄川的性格,也明白李家不敢枉告国家重臣皇戚,这件事情其实已经非常明了了。他思虑半天,命人传来李季,他要亲自审理,断决此案。

夜已经很深了,刘恒审理完案件以后,独坐殿内。一盏铜油灯内,微弱的火焰跳跃闪烁,扑朔不定。突然殿门轻轻推开,有人走了进来。刘恒抬头望去,进来的是小环。

刘恒急忙问道:"什么要紧事?太后的身体怎么样了?"

小环施礼说道:"大王,我是来求情的。"

"求情?"

"是，不管薄川犯了什么罪，都请大王网开一面，饶了他吧!"

刘恒了解小环为人正直刚强，今天来求情，肯定是因为太后。他问道:"是太后叫你来的吗?"

小环摇头说道:"太后公正无私，怎么会让我做这种事呢?是我自己来的。"接着小环叙述了今天傍晚时分，薄昭求见太后的前后经过。

薄昭见刘恒态度坚决，害怕自己与儿子难逃一劫，趁刘恒审案的时候，偷偷去见薄姬，希望她能为自己和薄川求情开脱罪责。

薄昭是薄姬唯一的弟弟，他们只有姐弟两人，自幼父亲早亡，跟随母亲艰难度日。薄姬入宫后，薄昭得以在朝廷为官，后来他们一起来到晋阳，薄昭也一直尽心尽力保护薄姬母子。

薄昭见到薄姬后，跪倒痛哭，他说:"薄川虽然犯下大罪，可是他是我们薄家唯一的后人，太后无论如何也要为他求情，饶他不死啊!"

薄姬心里十分难过，薄昭是自己唯一的弟弟，薄川是自己唯一的侄子，母亲临终时，曾经叮嘱薄姬，要她好好照顾薄昭和他的儿子。世上众生芸芸，可是亲人只有几个，亲人身犯王法，论罪当斩，想到这，薄姬心里能不痛苦吗?

薄昭又说道:"大王孝顺宽厚，只要你求情，他肯定饶薄川不死。"

薄姬苦笑一下，心里想，我会不了解恒儿吗?正因为我知道他会听我的，所以我听说这件事后，自始至终没有发表自己的看法。难道要恒儿因为我徇私枉法吗?

熏炉里不停地释放出屡屡香烟。也许是烟气太重,薄昭猛然咳嗽几声,他抬头看到熏炉,疾步走上去,捧起熏炉又流下眼泪:"姐姐,看到熏炉,我又想起我们的母亲。她老人家一生坎坷,没过几天好日子,为了让薄家兴旺,把你送进后宫,为了让你出人头地,请许负相面,听说你前程锦绣,又花费钱财,打理宫中上下。这对熏炉,我记得就是当时母亲为你打造的。"

听到此,薄姬也失声痛哭,她记起母亲,也想起年轻时胆战心惊的岁月,更深深回味起多年来亲人之间千丝万缕的关爱之情,血浓于水,什么能比得了亲情啊?

薄昭与薄姬两个人抱头痛哭,屋子里的侍女也跟着流下泪来。

小环看到眼前景象,就悄悄来到前殿,她要替太后向刘恒求情,希望刘恒能够看在太后的面子上,饶薄川不死,宽恕薄昭包庇之罪。小环说:"大王执意处罚国舅爷父子,必定让太后伤心,恐怕引起旧病复发啊!"刘恒听了小环的话后,究竟会怎么做呢?

大义灭亲

大臣们纷纷求情,刘恒能够从容应付,可是听到太后的病情,他犹豫起来,母亲久病初愈,能承受住打击吗?

薄川论罪当斩。薄昭因为圈养马匹骚扰百姓在先,知道儿子行凶杀人,包庇窝藏在后,罪行也不小,起码也要革除官职,没收家产。面对这些突如其来的变故灾难,薄姬能受得了吗?

刘恒为难了,他害怕母亲伤心,更害怕母亲因此生病。他甚至不敢去薄姬的院落,没有勇气面对母亲的憔悴面孔。

天快要亮了,铜灯里的油也要燃烧殆尽,微弱的一丝晨风吹来，火苗闪烁几下，猝然熄灭。灯火灭得那么突然，让人冷不防备。

刘恒在殿内枯坐着，一夜没睡。拂晓来临，晨光推门而入，跟随晨光进来了两个人影，一个搀扶着一个，慢慢走了过来。

进来的是薄姬和侍女小环。刘恒急忙起身相迎，扶母亲落座，恭敬地立在一旁，说道："母亲，夜里睡得好吗？身体感觉如何？"

"没什么，你不用担心。"薄姬看看刘恒说道，"薄川杀人犯法，你舅舅袒护包庇，这是极大的罪责，这些事情我都清楚了，我不会为他们求情的，你按照国法去处理吧！"此话说出口，薄姬眼中溢满泪水，她匆忙转过头，轻拭了一下双眼。

听到母亲的话，看到母亲流泪，刘恒心中更是难以平静，他沉痛地说："舅舅和薄川犯下这样的罪行，招致民怨纷纷，国法难容，如果不按律处置他们，民愤难平，天理也不容啊！"

过了一会儿，大臣们来殿中议事了。刘恒说："薄川的案子已经审理清楚，他在百姓的田地里圈养马匹，毁坏庄稼，听人劝告不但不思改过，还倚仗权势，故意杀人，罪孽深重，请诸位大臣议定他的处罚。薄昭私自到各地圈养马匹，侵占百姓良田，儿子杀人后，又横加包庇，纵容儿子逃窜，也请大臣们议定处罚。张武身为国家宣臣，徇情枉法，放走杀人凶手，罪责难逃，一并议定他的处罚。"

大臣们见刘恒已经下决心处罚薄川等人，都不敢再求情。负责刑律的官员们商量后，上奏道："薄川杀人当斩；薄昭当没收财产，革除官职；张武当降级职务。"

刘恒说："如果没有异议，就按律处罚。"接着派人抓捕薄川。

薄昭得知处罚结果后，依然心有不甘，他倚仗自己是国舅的身分和在朝中的地位，拒不接受判决，去他家里执行公务的人员都被赶了出来。薄川也被他秘密接回来，藏在家里。

事情僵持不下，众人都拭目以待，看看刘恒会怎么做。这天早晨议事完毕，刘恒说："请诸位大人陪我去祭奠薄川。"

祭奠薄川？ 众人面面相觑，薄川不是还没有被杀吗？ 如何去祭奠他？

刘恒做完安排后，带着众人，来到薄昭家中。他们进门就哭起来，纷纷上前安慰薄昭说："人死不能复生，大人一定要节哀。""公子虽然年轻，却能识大体，顾大局，杀人偿命，维护了国家法律严明。""大人身为国舅，劳苦功高，却不居功自傲，不徇情枉法，大义灭亲，让世人敬佩。"

薄昭听到众人的说辞，心里明白了，这是刘恒带人来生祭薄川，逼自己就法啊！ 他长叹一声，说道："事已至此，无可奈何啊！"

薄川畏罪自杀，薄昭和张武也接受了处罚，一个圈马扰百姓，大义灭亲情的案子就此结束。

百姓们听说事情的前后经过后，被刘恒和薄姬大义灭亲的举动所感染，他们为了纪念这对母子，在黄河中的两处河滩修筑碑庙，并且将河滩分别命名为娘娘滩和太子滩。

第三节　拒建圣母祠

　　黄河水源远流长，从西往东流经千万里，无人知晓汹涌的河水流淌了多少年。黄河孕育了中华民族悠远深厚的文明，是中国人的母亲河。黄河上很少有岛屿滩地，其中流经山西境内、晋阳附近的地方，水势汹汹的河面上突然出现两处风光优美的小岛。岛屿不大，一处有百余平方米，另一处还要小一些，两处岛屿就是娘娘滩和太子滩了。岛上建有祠堂，树有石碑，是刘恒母子在代地造福百姓，发展代地的见证。

汉文帝灞陵

当时薄姬和刘恒大义灭亲的行为传遍代地,百姓们无不欢庆传颂这件事情。

刘恒母子来到代地后,采取"无为,而无不为"的治国策略,鼓励生产,提倡节俭,让老百姓过安逸稳定的日子。他们亲自耕种,自己动手纺纱织衣,这些举动早就为人熟知,为人颂扬。现在,刘恒母子杜绝徇私枉法,严厉惩处犯罪的国舅父子,更是让代地百姓佩服爱戴。一时间,代地人们将刘恒母子当做圣人一样看待。

人们觉得刘恒和薄姬与古代的叔虞一样,治理一方水土,造福百姓,值得赞颂,应该为他们建立祠堂,树立石碑,以此来纪念这对母子。

李家沟的李季等人商量后,把为刘恒母子建祠立碑的想法告诉大家,众人都拍手称好,消息一经传开,各地老百姓马上开始行动,他们主动捐钱捐物,筹集资金,并把这些想法呈报给官府,希望他们给予支持,在晋阳划出一块美丽的地方为他们母子建立祠堂。

官府听了,也很高兴,立刻把这件事上报给了刘恒。

刘恒听说百姓为自己和母亲建祠堂,又是欣喜又是担忧,欣喜的是百姓们爱戴自己,说明自己治理此地还算成功,多年来母亲与自己在此地受苦受难,为母亲修建一座祠堂,也算孝敬她了;担忧的是修建祠堂,肯定花费不少,当初修建亭台的时候,请人预算还要花费百金,相当于十户中等人家一年的收入,修建祠堂花费岂不是更大吗?

薄姬也听说了百姓们自动捐钱打算修建祠堂的事情,她急忙来见刘恒,与他商量此事。

薄姬说:"听说百姓们要修建祠堂,你看该怎么办?"

刘恒说:"为母亲修建祠堂,我心里很高兴。可是,修建祠堂一定花费很大,我不希望增加百姓们的负担。"

薄姬说:"母亲也是这么想的,一座亭台就花费百金,一座祠堂还不花费上千金,这样的话,会增加多少百姓的负担。如果因为这件事情影响你在代地推行仁政,治理这一方水土,我觉得得不偿失,不值得。"

小环插嘴说:"太后,您仁慈、宽厚,百姓们喜欢您、爱戴您,自愿为您修建祠堂,这是多好的事啊! 您还担心什么呢?"

薄姬笑着挥挥手:"喜欢我、爱戴我,我当然高兴,可是喜欢、爱戴完全可以放在心里,不一定非要说出来、做出来,更不一定非要修建祠堂,浪费物资。你说呢?"

小环扭扭手指,低头说道:"反正我觉得是好事。"

几个人议论多时,吃饭时间到了,高怯带领侍女们准备好饭菜,然后请刘恒母子用餐。高怯笑嘻嘻在旁边伺候着,掩饰不住满脸笑意。刘恒问道:"高怯,你有什么喜事吗? 今天怎么这么高兴?"

高怯急忙说:"百姓们要为大王和太后修建祠堂,我能不高兴吗?"

"消息传得可真快呀!"刘恒问高怯:"你伺候过多个王爷,你说说,见到过修建祠堂的吗?"

高怯搓搓双手,想想说道:"有是有,不过他们都是自己建,没有百姓们主动建的。"

刘恒点点头,他心里已经有了主意。

第二天议事的时候,刘恒召见各位大臣,他说:"听说百姓们要为太后修建祠堂，我很高兴，感谢他们如此爱戴、尊重太后，可是修建祠堂花费很大，还要耽误很多人耕种生产，我和太后商量决定，让百姓们停止筹集资金，把原先筹集来的钱，原封不动退还捐助者，每个人回家好好耕种过日子，不要考虑为太后建祠堂的事了。"

　　刘恒母子拒绝代地百姓的好意，不让他们花费钱财修建祠堂，爱民之心，感召天下。百姓们听说刘恒不同意修建祠堂，还要把捐的钱退回去，他们商量后，又想出个主意，却不知这次他们能否成功。

第四节　娘娘滩和太子滩

　　百姓们想出个什么主意呢？原来，在中国古代，对于重大事件和人物事迹的记述纪念，一般以树碑立传、建庙立坊为主要方式。还有一种方式，就是以事情发生的地点为依据，用事件或人名为地方命名，以使事件或人物被人们记住，流传下去。而百姓们就是采用了这种办法来纪念颂扬刘恒母子的仁德功绩。

娘娘滩

　　晋阳西去百余里，就是滔滔黄河，此地河水由北向南流淌。汾水穿过晋阳与它交汇后，两条河水一起折向东方，奔流东去不复回，一直流淌进浩瀚无际的东海。

　　就在此地的黄河上，有一处突兀水面的小岛，岛屿离河面只有几米高,但是河水从来没有将岛屿淹没过,这是万里黄河上绝无仅有的奇迹,神秘而美丽的岛屿风光旖旎、天然夺巧,春季草木繁盛,鸟语虫鸣,秋天百草结果,生灵肥壮。小岛四面环水,河面开阔,水流比较平缓,北岸山峰高耸,南岸地势平坦,这个岛屿上居住着十几户人家,他们耕作、打鱼,过着世外桃源般的生活。

刘恒不同意百姓修建祠堂,百姓们就想出个主意,他们聚集在黄河水中的小岛上,商量说:"这个地方虽然孤立偏僻,景色却很优美,风光迷人,如果在这里修建祠堂,一来,大王不容易察觉,无法制止我们,二来,这么美丽的地方也与太后的美好品德匹配。"

于是,百姓们悄悄准备木料、石头,请来有名的工匠师傅,在黄河小岛上,测量设计,规划构图,经过半个月的时间,一切准备就绪,只等着开工盖祠堂了。

这天,人们早早吃完饭,在岛屿南端开阔地带动工了,岛屿上十几户人家也匆匆过来帮忙,几个小孩子跑来跑去,他们久居岛上,从来没有见过这么多人,边跑边好奇地问:"你们要盖房子吗?谁要进来住啊?"

大人们笑着说:"这是给太后娘娘盖的房子,知道了吧!"

"太后娘娘,太后娘娘。"几个小孩子第一次听说太后娘娘这样的称呼,一路叫着,又跑远了。从此,岛上的人们把生活了多年,不知道存在已经多久远的这个地方称为"娘娘滩",在娘娘滩上盖的祠堂就叫"圣母祠"。

娘娘滩上的居民帮助修建祠堂的时候,还提供了一条线索,从娘娘滩往上游走,大约十里路的地方,也有一处岛屿,岛上风光与娘娘滩差不多,只是岛屿略小一点。外地人听了,又乘舟赶

太子滩

到上游小岛,果然这处岛屿也是景致天成,由于岛小,无人居住,更显出它的独特气质,优美雅静。娘娘滩的人说:"这两处岛屿都有一个特点,不管黄河水怎么泛滥,却永远淹没不了它们,水涨滩高,好像有神人相助。据说这两处地方存在的历史非常久远,远古时期,洪水泛滥,人类的始祖被卷进洪水激流当中,经过多日的挣扎奋斗,终于握住两片树叶,而没有被洪水冲走,等到洪水退却,两片树叶变成黄河中的两座岛屿,因此它们不会沉落水底。"人们听着这个美丽的传说,看着这个美丽的小岛,有人提议:"就在此处为大王建立祠堂吧!"提议得到拥护,人们马上回去准备,打算在小岛屿上为刘恒建立祠堂。

娘娘滩上建立祠堂的消息不胫而走,传到晋阳,刘恒听说后,急忙赶到黄河边人们正在建祠的小岛上,再次制止劝阻百姓,不让他们浪费钱财,为自己歌功颂德。他要求百姓,应该把钱财用在发展生产,提高自己的生活水平上,而建碑立庙,空耗财物,有弊无利。人们还没来得及筹备好为刘恒建祠堂的物资,就被刘恒制止了,所以他们只好用有限的钱财买了一块石碑,请人刻上刘恒在代地的事迹功劳,作为纪念,立在了这个小岛屿上,小岛屿也因此得名"太子滩"。

在娘娘滩和太子滩上建祠立碑,说明刘恒母子仁爱贤德,功绩卓著,他们的行为感动了百姓,得到众人的拥护爱戴,所以为他们建立祠堂,树立石碑。这种业绩与功德可不是一般人能做到的,可是就是这一对看似平凡无为,实际上脚踏实地、心怀百姓的母子完成了这样重大的历史任务,得到了百姓的首肯,达到了众人可望而不可及的人生最高境界。

第七章

神奇爱情果，同心助帝业

汉宫斗争，宫女窦猗房被遣送代地，她哭哭啼啼来到这里，意想不到的事情发生了。少年刘恒被窦猗房的朴实、能干吸引，两个人产生感情，国王与宫女的恋情会有什么结果呢？神奇的故事一再发生，刘恒的人生会因此受到哪些影响呢？

第一节　窦姬的身世

家贫女自贤

刘恒的爱情充满传奇色彩，令时人感叹唏嘘，称奇不已。他们命运曲折，一波三折，地位悬殊却志同道合，最终喜结连理，终成眷属，更成为后人争相传颂的一段佳话美谈。透过他的爱情故事，我们可以从另一个方面了解他没有门第之见，重情厚意，具有人人平等的仁爱之心。之所以如此说，还得从他未来的妻子窦姬谈起。

窦姬本名窦猗房，她本是赵国人，出生于秦末汉初，战火纷飞的年代，当时平民百姓深受战火蹂躏，生活朝不保夕，她家也一直很贫寒。她有一兄一弟，父母亲带着他们三人艰难度日。

窦姬的父母都是老实能干的农民，看到有地无法种，有粮不能收，心里十分焦急难过。有一天，窦姬的母亲掀开粮缸时，发现所剩粮食已经不多了。她为难地看着三个孩子，泪如雨下。到处都在打仗，纷乱的环境里哪有老百姓的好日子过。

没有粮食吃了，不能眼看着三个孩子挨饿，窦姬的父亲琢磨多时，动手折断一根竹竿，他心灵手巧，农活样样拿手，只见他劳作几下，一会儿的工夫，竹竿就变成了一根钓鱼竿，打算钓鱼为孩子们充饥。窦姬看到鱼竿，高兴地问："父亲，你要去钓鱼吗？"

窦姬的父亲说："是啊！你们在家里等着吃鱼吧！"

父亲是庄稼田里的能手，窦姬却没有看到父亲钓过鱼。她缠着父亲说："我也要去钓鱼。"

"女孩子家钓什么鱼，在家里帮你母亲干活。"

窦姬的弟弟叫广国，他听说父亲要去钓鱼，也过来缠着说："我也要去钓鱼。"

家里已经开不了火了，本来想钓鱼解决点吃饭问题，两个孩子却缠着一起去钓鱼，窦姬的父亲不免有些生气，他呵斥道："在家里好好待着。"

窦姬和弟弟广国吓得伸伸舌头，跑到一边玩耍去了。她的母亲过来喊道："猗房，去取柴做饭。"

窦姬是家里的长女，烧火做饭、收拾家务，样样都离不开她。她到院子外边，抱了一捆柴草正准备回家，邻居家一个女孩子蹦蹦跳跳跑过来，她喊着："猗房，听大人说，今天晚上月亮里月亮娘娘要显身，我们一块去看吧！"

窦姬说道："你看吧！我还要帮家里干活。"

"月亮晚上才出来，你干什么活？"

"晚上我要帮父亲捶腿。"

窦姬的父亲非常勤劳，家里家外从不闲着，干起活来，不管刮风还是下雨，从不停歇。有一年，他在风雨中抢收稻谷，不小心摔了腿，从此罹患腿疼的毛病。每到白天干活多或者天气阴潮时，他的腿就会疼痛非常。窦姬懂事，这时总会轻轻帮父亲捶腿，减轻痛苦。她见父亲去钓鱼，猜想夜里父亲的腿肯定会疼，所以拒绝朋友的邀请。

邻家女孩说："大人说，谁能看见月亮娘娘显圣，谁就会有好运的。你不怕错过好运吗?"

窦姬说:"我觉得父亲的腿不疼才是好运。"

邻居女孩撇撇嘴,一蹦一跳跑远了。

窦姬回到家里,把女孩的话告诉母亲。母亲听了,猛然醒悟:"我差点忘了,今天是月亮娘娘的生日,女孩子都要去看月亮的。赶紧做饭,吃了饭你也去看。"这是当地的一个风俗,据说看月可以给女孩子带来好运气。

母亲也要自己去看月,窦姬的心里高兴了,她想,我赶紧帮母亲干活,晚上让母亲帮父亲捶腿,我去看月。

快吃晚饭了,父亲才回来,他提着几条小鱼,看上去累极了。窦姬接过父亲手里的小鱼,赶紧给父亲端上一碗水。父亲接过碗说道:"哎,钓鱼的人太多了,半天也没钓条大鱼。"

窦姬安慰父亲说:"父亲,您第一次钓鱼没有经验,时间久了,就能钓到大鱼了。"

父亲点点头说:"但愿如此吧!"

母亲招呼家人:"赶紧吃饭,吃完饭看月去。"

"看月?"父亲问道,"又到看月的日子了? 我还想着让猗房为我捶腿呢!"

窦姬急忙说:"父亲,我先给您捶腿,等您睡了我再去看月。"

"不用了,你先去看吧!"

虽然父母都让窦姬去看月,但是她知道父亲喜欢让自己捶腿,而且母亲还要忙家务。她觉得自己不能因为看月就不给父亲捶腿。

果然,吃完饭后,窦姬没有先去看月,而是服侍父亲帮他捶腿。母亲说:"尔去吧! 一会儿我给你父亲捶腿。"

"母亲,您先去忙家务吧！一会儿我再去看也不晚。"窦姬说着,握起小拳头轻轻敲打父亲的腿。用力适度的捶打声富有节奏,像在弹奏一首美妙的催眠曲。父亲闭上双眼,脸上泛起难得的舒心微笑。终日为生活操劳奔波,却难以填饱一家人的肚子,对于正值壮年的一家之主来说,这是最折磨身心的灾难。

父亲太累了,看上去显得那么苍老,那么衰弱,那么无助。窦姬看着父亲脸上的皱纹,心里也很难过,自己一个女孩子,怎么做才能减轻父亲的重担,为家里增加点收入呢？她一心一意地捶打着父亲的双腿,完全忘记了出去看月的打算。

父女两人谁也没有说话,他们都在想着心事,而且想的是同一件事情,思虑着怎么样改善家里窘迫的生活现状。

突然,院子里一阵嘈杂,像有许多人涌了进来。父亲腾的坐起来,窦姬也打开屋门,冲了出来。院子里站着好多个女孩子,她们都是村子里窦姬的朋友。窦姬惊奇地问:"你们怎么啦？有什么事吗？"

一个女孩子说:"我们看月啊！"

"看月怎么跑这里来了？"

女孩子们盯着窦姬，说道："你没看见吗？你们家多明亮啊！月亮跑到你们家来了。"

窦姬看看四周，自己家里院子、屋内，到处亮堂堂的，如白天一样。哎，这是怎么回事？她抬头望月，月亮似银色的圆盘，正光亮亮地悬挂在自己家的上空。

看到眼前的情景，大家都吓呆了。众人默默注视着明月，直到它悄悄远去，乘着一块云彩飞回天际。院子里恢复了朦胧的夜色，女孩子们议论纷纷地离去，这件事情成了当地的一件奇闻，人们都说："窦家要走运了，月亮娘娘光临她家，她家要出娘娘了。"

窦家能不能走好运？人们的猜测会不会变成真的呢？听着众多的议论，窦姬非常茫然，好运和做娘娘离她太遥远了，他们家急需要解决的是温饱问题，他们能安然渡过眼前的危难吗？

入选进宫

月亮娘娘光临窦家不久，窦家就发生了一场灾难。窦姬的父亲为了让全家人能够有食物果腹充饥，依然每日去河边钓鱼。有时候，他也带上自己的小儿子广国，一来是给自己帮忙，二来也可以让他早点学会钓鱼，好能多根钓竿，为家里多钓几条鱼。男孩子调皮好动，钓了几次鱼，广国觉得枯燥无味，就蹲不住了，老想着跑出去玩耍。

这天，广国见父亲正在聚精会神地钓鱼，就悄悄扔下钓竿，偷偷跑走了。他不敢回家，约上几个小伙伴，跑到附近的树林子里抓鸟。

窦姬和母亲在家里准备好午饭，左等右等，不见他们父子回来。窦姬说:"母亲,父亲怎么还不回来,我去看看?"

母亲说:"天气热,路上小心点。"

河在村子的东边,离村子大约有一里路。窦姬匆匆赶去,到了河边一看,早已经空无一人了。父亲和广国哪里去了?

窦姬急忙大声呼喊,却无人回应。她焦急地顺着河沿寻找,猛然看到父亲的钓竿和竹篮,篮子里还有几条不时打一下尾巴的小鱼,它们被钓上来的时间不长,还没有完全死亡。

这时,河水中翻腾起一股水花,窦姬定睛细看,好像有人落水了。难道是父亲掉下去了?窦姬冲着河水大喊,没有回音。来不及细想了,她一路狂喊着奔回村子,希望人们听到喊声赶来救人。

掉进河里的果然是窦姬的父亲。他钓了一会儿鱼,发现广国不见了,心想,可能跑走玩去了,等他一会儿吧!父亲等了多时,不见他回来,就又继续钓起鱼来。时值中午,天气炎热,钓鱼的人陆陆续续回家了,只剩下窦姬的父亲坐在那里等儿子。他想回家又怕广国来了见自己不在,偷偷下水玩耍,广国几次想下水游泳,都被自己挡住了,这个地方水深草茂,下去非常危险。所以他就一直等下去。坐在地上,又饿又困,不由得打起瞌睡来。迷迷糊糊,猛一倾身子,便掉进河里了。他本来就不会游泳,又在半昏睡之中,掉到河里挣扎几下就沉下去了。

人们把他打捞上来时,他已经奄奄一息了。窦姬家人围着父亲,放声痛哭。父亲微微睁开眼睛,看看窦姬,又望望蓝天。窦姬的母亲趴到眼前,问道:"你有什么话要说吗?"

窦姬的父亲嘴唇嚅动几下,什么也没有说出来,再次看看窦姬,又望望天空。窦姬猛然想到了什么,说:"父亲,您是不是说月亮娘娘？"

　　父亲嘴角颤动一下，好像是会心地微笑，然后，他闭上眼睛再也没有睁开。他遗留下孤儿寡母，永远地离去了。他再也不用为一日三餐发愁了，他解脱了。他带着三十多年的忧伤苦难还有最后一丝的微笑离去了。父亲想到了月亮娘娘，当时也许只是临死前的一点心灵安慰，他也许并没有真的想到，多年后，他的女儿窦姬做了大汉朝的皇后、太后，地位尊崇无人可比。月亮娘娘真的给他家带来天大的好运。

　　好运依然遥不可及，眼前的灾难却打倒了窦家的大大小小。

　　面对突如其来的打击，窦姬的母亲猝然病倒，她无法接受这些事实，整日以泪洗面，终于身心疲惫、疾病缠身，过了三四年，也去世了。

　　由于年纪尚轻，对于田里的工作料理不周全，他们三人种的粮食收成总是不好。这时，大哥便时常去河边钓鱼以充家用，窦姬呢？在春暖花开的日子带着弟弟去村外采摘桑椹野果，暂时充当他们的饭食。

　　有一次，广国见一棵桑树枝叶繁茂，果实累累，紫红的桑椹挂满枝头，摇摇曳曳，令人垂涎。他忍不住口水直流，不等窦姬过来，就匆匆爬上树去。谁知，他只顾着采摘桑椹往嘴里乱塞，一不小心，脚下踩空，扑通一声摔下树来，重重地摔到地上，摔得嗷嗷直叫。窦姬听到叫声，慌忙赶过来，见弟弟摔得鼻青脸肿，赶紧把他背回家去。弟弟摔伤了，却无钱给他治病，只好躺在床上等着慢慢痊愈。窦姬看在眼里，急在心上，可是家徒四壁，怎么样才能筹钱为弟弟治病呢？

　　窦姬焦急之时，机会来了。一天邻居女孩跑来说："猗房，听说皇宫来我们这里选秀女了,入选的人可以得到一笔钱财呢!"

"钱财?"窦姬听了,眼前一亮,她正愁着无钱给弟弟治病,现在机会来了。

窦姬收拾打扮一番,拿出家里最好的服饰穿戴整齐,去参见地方上的长官,希望他们能推荐自己进宫,能给家里增加点收入。

当地人知道窦姬聪明勤恳,照顾两个兄弟任劳任怨,尽心竭力,是难得的好女子。他们见窦姬虽然只有十三四岁,却已经出落得水灵标致,美丽动人,考虑到她家的实际情况,官吏们就答应窦姬的要求,准许她进宫侍驾。窦姬进宫,只为了官府赏赐的银钱,哪里想到月亮娘娘显圣,她一去竟然富贵通天,完全改变了自己和家人的命运。

窦姬要进宫了,她把官府给的银钱交给大哥,嘱咐他保管妥当,兄弟两人在家里慢慢花费度日。天真的窦姬跟兄弟们说:"我去宫中,挣多了钱再回来看你们。你们好好过日子,不可以挥霍这点钱财。"年幼的窦姬哪知道宫门深似海,进去了岂能轻易出来?

兄弟俩跟在窦姬的车后,一路远送,一直送到驿站外。接送宫女的人员呵斥他们说:"快回去吧!不要跟着乱跑了。"

窦姬请求官吏说:"我走后,家里只剩下他们两个,无人为他们做饭、洗衣。请大人允许我再为他们做顿饭、洗洗头吧!"

驿站陈设简陋,窦姬搜寻多时,才发现厨房内有一盆剩饭,她来不及多想,就把剩饭端给兄弟俩,然后,抱柴烧水。窦姬看着兄弟俩狼吞虎咽吃完剩饭,对他们说:"来,我帮你们洗洗头,也干净凉爽点。"

窦姬细心地为兄弟俩洗头、整衣，把他们打扮得整齐清爽，再次嘱咐道："回家去吧！好好度日，等着我回来。"

三人洒泪分别，窦姬乘坐官车，随同多名入选的宫女奔长安而去。这一去，真如窦姬所想很快就能回来吗？三人还能不能重逢呢？她又将度过什么样的日子呢？

第二节　误赴代地

初入皇宫

窦姬离别故土,一路颠簸,来到繁华的长安,进入浩浩未央宫内。未央宫巍峨庄严,殿堂楼阁,水榭花园,豪华壮丽,美观典雅。从小生活在乡村的窦姬看到眼前景观,真是目不暇接,惊叹不已。

皇宫里的太监侍从把新来的宫女们迎接进去。窦姬静静地跟在队伍后面,她小心谨慎,不敢轻易地说话,不敢随意走动,细心地观察着周围的一切。宫内太监、宫女们来往穿梭,忙碌不停,这么多人都在忙什么呢?窦姬心里奇怪地想着。

经过挑选安排,新来的宫女被分派到各个宫内,窦姬因为朴实勤劳,被安排到了吕太后的宫内,做了一名负责宫内清洁的宫女。

所谓负责清洁,就是打扫宫内环境,保持宫中角角落落干净清洁。吕太后宫内一共有五人负责清洁工作,如今加上窦姬,六个人一起打扫清洁。窦姬从小勤劳能干,在家中做了许多农活、家务,现在六个人打扫一处宫院,让她觉得非常轻松,每天清扫院子、擦洗宫中门窗桌椅,一会儿的工夫,这些工作就做完了。

宫女们见窦姬能干、诚实,很快与她熟悉起来,渐渐地,大家成了无话不谈的好朋友。窦姬向她们学习了解宫中的规矩,这时她才知道,一旦进入宫门,要想出去就难了。一位年龄大的宫

未央宫遗址

女说:"宫门深深,进来难出去更难,恐怕我们要老死宫中了。"

老死宫中? 窦姬吃惊地想,如果真出不去了,自己的两个兄弟怎么办?

她把自己的身世和家中的境况跟众位宫女们一说,大家纷纷唏嘘叹息,年长的宫女说:"进到宫中还能有什么办法,慢慢等待机会吧!"

"什么机会?"窦姬紧张地问。

年长的宫女嘿嘿笑道:"等到哪天皇帝看上你,你乘幸做了皇妃,就可以回家探亲了。"

窦姬听到此,长叹一声:"姐姐就会取笑人,我是下等宫女,哪有机会见到皇帝?"

年长宫女深深叹息道:"后宫佳丽三千,谁不想见到皇帝,可是有几人得见天颜?"

窦姬的心仿佛沉落深渊,自己一个卑微宫女何以出宫回归故里,看来只能听天由命了。

赶往代地

窦姬在宫中日夜思念兄弟，却又无计可施，苦闷的日子让她变得沉默寡言，她整日里默默工作，从不招惹是非，与人生怨。宫女、太监们倒也喜欢她，就这样两三年的时间过去了。

一天，一个小太监匆匆过来对窦姬说："猗房，告诉你一个好消息，有机会出宫了。"

"真的?"窦姬赶紧问，"什么机会?"

小太监说："宫中要分派一部分宫女去各地诸侯王府，被选中的人就可以离宫赶赴各地了。"

当时汉惠帝刘盈刚刚去世，吕太后宣布临朝称制，为了对各地封王显示友好，她命令往每地派送五位宫中侍女。

窦姬听此消息，立刻在心中盘算，自己是赵国人，如果能分配回赵国王府，不就离家很近了，这样的话，说不定有机会回到家乡，能够见到久别的兄弟们。

可是身为地位卑微的宫女，哪能掌握自己的命运，分派去哪国并非自己所能做主。小太监悄悄告诉窦姬："这次分派任务由总管太监做主，你可以去求他，把你分派到赵国去。"

窦姬带好几年来积攒的银钱，在小太监的引领下，去见总管太监，求他把自己分派到赵国。总管太监接过窦姬递上的银钱，轻松地说："小意思，你回去等待好消息吧!"

没有多久，下放到各地的宫女名单呈列出来了。窦姬赶忙过去观看，令她大吃一惊的是，她的名字出现在去代国的名单里。代国在赵国北方，位置偏僻，离赵国相隔千里，一旦去了代国，天高皇帝远，恐怕再也无法回到故乡见到亲人了。窦姬想到此，赶紧再去找总管太监询问原因。原来这位总管太监管理后宫诸事，事务繁忙，地位较高，并没有把小小窦姬的请求放在心上，只是粗略地记得她想去北方。划分名额时，他略一思索，代国也在北边，就叫她去代国吧！

总管太监稍一疏忽，等于把窦姬送上了绝路。她知道事情无法更改时，深感绝望，痛哭流涕，一想到此生也许再也无缘见到亲人，顿觉肝胆寸裂。临行的日子来到了，窦姬怎么也不愿意去代国，她站在宫门外，苦苦哀求，希望再给她一次机会，把她改派到赵国去。名单已经得到太后御批，一个小宫女竟敢违抗旨令，贸然私自请求去想去的国家，这还得了！太监、侍卫们不由分说，连拖带拉把窦姬塞到去代国的马车里。

窦姬哭哭啼啼，随同其他四位宫女赶往代国。

一路上食不知味，夜不能寐，窦姬到达代国时，已是憔悴不堪，疾病缠身。车辆停在晋阳城王府前，早有府内的太监、侍女们等候在门外，列队欢迎。薄姬传下命令，好好招待皇太后派来的使臣，仔细安置新来的宫女们。

窦姬强撑病体，走下马车，晋阳王府尽在眼前，没有高大的宫门，没有华丽的亭台楼榭，王府的建筑朴实无华，来往的人员也穿着朴素，和善可亲。几年来，一直生活在深宫的窦姬看到这一切，不由得心生疑惑，这是王府深院吗？随即她的心里略感轻松，多日来的苦闷烦恼仿佛减轻了不少，这是怎么回事呢？窦姬不明白为什么突然间心情会有这么大的起伏。

本来痛恨来到此地，可是双脚踏进王府，却有一种回到家中的感觉，窦姬自己也迷惑了。究竟窦姬在晋阳王府会有怎么样的生活呢？

第三节　一见钟情

瓜为媒

窦姬和其他四位宫女在晋阳王府住下来。薄姬亲自召见她们，询问皇宫中的有关事宜。然后薄姬说："你们初来乍到，先熟悉一下环境，再给你们安排具体的工作。"她看看窦姬说："听说你病了，是不是路上太颠簸了？让太医给你瞧瞧，先休息养病吧！"

窦姬急忙回答："多谢太后关心，我——已经好多了。"自从进入王府，窦姬就觉得神清气爽，不但病好了，心情也好了不少。也许是王府质朴天然的风格影响了她。

薄姬说："身体重要，你们年轻更要多注意。"

窦姬急忙答应道："是。"

小环走过来，她说："走吧！我带你们出去转转。"

很快，几位新来的宫女熟悉了解了晋阳王府的情况。她们对太后亲自纺纱，国王亲自耕种深感惊奇。有的说："看来这个地方确实贫穷，连大王、太后都要亲自劳作。"有的说："真是后悔，早知道此地如此落后，还不如留在皇宫呢！"还有的说："这里的人穿得那么陈旧，连件丝织品的衣服都没有，真是可怜。"她们看到窦姬一言不发，围过来说："猗房，你是不是太伤心了？哎，只能认命吧!"

窦姬笑笑说:"我觉得太后亲切,府内人员和气,这已经很不错了。至于生活艰苦,我倒不太在意。"窦姬从小生活在乡村,洗衣做饭、耕作收获,样样在行,王府内的各种工作,在她看来,并不算多,加上家境贫寒,习惯了清苦的日子,王府内的生活对她来说也不算困苦。她觉得晋阳王府就像自己的家一样,自然亲切,让她感到心安。

接下来的日子,窦姬虽然仍旧记挂兄弟,可是王府内各式各样的工作分散了她的注意力。薄姬让她掌管王府的丝线布匹,这是个重要的工作,王府内太后、侍女们亲自纺纱织布,生产的丝线布匹需要专人整理保管,窦姬接受了这个任命。

窦姬勤劳能干,每天早起晚睡,把丝线布匹整理清洁,保存完好。她小时候就学会了纺纱,现在重新操作纺车,得心应手,做得非常开心。闲暇时节,她见侍女们经常去后院采摘蔬菜瓜果,于是,她也挎起竹篮,去后院帮忙。

每日里忙碌劳作,窦姬渐渐喜欢上了晋阳王府,对于弟弟们的思念化成了一缕深藏心底的秘密,有时候她眼望夜空,就轻轻地对着月亮说:"月亮娘娘,请你保护我的弟弟们吧!"

一天清早,窦姬来后院采摘瓜果。树叶草丛上,露珠闪耀着晨光,非常美丽,不知名的鸟儿婉转鸣叫,像是母亲催醒熟睡的幼童,一只蚂蚱蹦跳几下,倏地跳进草丛不见了,几只蜜蜂飞翔在花丛中,嗡呀嗡呀,它们起得可真早! 窦姬心情愉悦,眼前的景象,让她似乎回到了久违的家乡。她家里也有一个菜园,父亲活着的时候,也将园子收拾得整洁美观,一到夏秋季节,园子里瓜果飘香,那是他们全家最幸福快乐的时光。

窦姬蹲在一片西瓜田边,她轻轻地拨弄瓜蔓,寻找成熟的西瓜。哎,她看到了一个个头大外皮光亮的西瓜。窦姬慢慢转过去,伸手摘瓜。就在这时,突然传来一声咳嗽,她急忙回头观望,一位英俊的少年站在身后。

"你是谁?"窦姬大声问道,"这是王府后院,不准闲人随便闯入。"

"呵呵,"少年人笑道,"你又是谁? 为什么私自闯入王府后院?"

"我怎么是私自闯入呢? 我就住在这里。"

"住在这里? 我怎么没有见过你?"少年人奇怪地问。

"你是谁? 凭什么要见过我?"窦姬也不甘示弱,她看看天色还早,四周无人,心想,不知道这个人是做什么的,我还是赶紧回去喊人把他赶走。想到这,窦姬拿起竹篮,准备转身离去。

少年人见她要走,拦住她说:"你怎么不摘瓜了?"

窦姬瞪他一眼,没好气地说:"瓜还没熟呢! 你在这里慢慢等吧!"

"哈哈,"少年大笑道,"瓜没熟,你让我等到什么时候?"

窦姬不理他,疾步回身就走。少年在身后喊道:"你叫什么? 为什么这么早来摘瓜?"

窦姬匆忙离去了。现在的她还根本不知道,这位少年正是代地国王刘恒,是她未来的丈夫,以后两个人相敬相爱,谱写了一曲人间难得的传奇爱情之歌。

太后薄姬喜欢吃早上摘的西瓜。窦姬心细，她知道太后的这个爱好后，就起了个大早，去后院摘瓜，没想到让一个少年给打搅了。窦姬心中恨恨地往前院走去，正巧，一位太监走过来，他劈头问窦姬："你从后面过来，看见大王了吗？"

大王？窦姬摇摇头，她来王府快一个月了，还从来没有见过大王呢！听说大王接见云中郡守，事务繁忙，根本没有机会碰面。

太监正要匆匆离去，紧跟窦姬过来的刘恒在后面喊道："有事吗？"

太监抬头看到刘恒，慌忙施礼说："大王，太后请您过去。"

大王？窦姬回头看看刘恒，心中一惊，他就是大王，刚才自己多次顶撞他，哎呀，这可如何是好？窦姬在皇宫中生活了好几年，深知宫中规矩，侍女顶撞大王，轻则责骂，重则杖刑，弄不好会被赶出宫去。

刘恒见窦姬呆立一旁，笑着说："怎么，不认识我了？"

太监急忙示意窦姬，让她给大王请安。

刘恒说："算了吧！不请安也罢，你能告诉我你一大早就去院中，到底是因为什么吗？"

窦姬只是听说大王勤劳，经常去院中劳动，没有想到他会这么早就去院中，现在看来"是福不是祸，是祸躲不过"了，只有如实禀告。窦姬施礼回答："我见太后喜欢吃早上摘的西瓜，所以自作主张，一早去后院摘瓜。冒犯了大王，请您定罪。"

原来如此。刘恒心里微微一动，难得这个侍女这么有心，既知道太后的喜好，又能付诸行动，孝敬太后。他说："你去摘瓜吧！太后一定会喜欢吃的。"

窦姬低头说:"大王不处罚我吗?"

"处罚?"刘恒笑道,"你这么孝敬能干,应该奖赏你,为何要罚你?"

窦姬再次抬头看看刘恒,两人目光相对,流露出对彼此的欣赏和爱慕。窦姬脸上飞红,急忙跑向后院,刘恒望着她远去的身影,怦然心动,呆呆地凝望良久,一语不发。

两个人再次见面的时候,是在薄姬的屋子内。刘恒先随太监云了薄姬那里,他从母亲口中了解到,长安分派来的五位宫女已经做了安排,其中一位窦姬,聪明伶俐,非常能干,负责丝线布匹,条理清晰,有条不紊,深得众人佩服。刘恒心下一动,不知道刚才见到的是不是这个窦姬呢? 这时,小环笑呵呵进来说:"太后,猗房可真能干,一早起来就去给您摘瓜了。"

猗房? 刘恒心里又是一动,那个女孩子叫猗房。他想了想说:"母亲,她也是新来的侍女吗?"

薄姬笑道:"她就是我刚跟你说的窦姓女子,她姓窦名猗房。"刘恒顿觉心中一亮,轻声说道:"可真是聪慧能干。"

窦姬摘完西瓜,来到太后薄姬的屋内,见刘恒也站在那里,脸上更加红润,像初升的霞光一样光彩动人。她低头给太后请安。薄姬说:"你来这么久了,还没见过大王吧? 这是大王,来给大王请安。"

刘恒急忙说:"不用了,不用了。我——我这就走。"说着,匆匆离去。

月亮娘娘促同心

后院偶遇后,刘恒和窦姬两个人都有了心事,他们对彼此念

窦皇后画像

念不忘,时常牵挂,总是渴望见面,见了面又觉得心跳不止,不知该从何说起。窦姬每天埋头工作,希望过度的劳累能驱赶走心中缠绵不去的身影。刘恒呢? 除了夜夜苦读,就是在后院劳作,可是无时无刻,窦姬美丽的倩影都在他眼前晃动。

　　这天深夜,刘恒读完书后,在府内废旧亭台前散步。月华如练,笼罩着整个王府深院,朦胧之中,他看到亭台上坐着一个人。刘恒喝问道:"谁?"

　　人影轻轻站立起来,柔声回答:"大王,是我。"

"是狷房？"刘恒紧走几步，赶了过来，"这么晚了，你怎么还不休息？一个人坐在这里不害怕吗？"

窦姬轻声说道："我喜欢月亮，月亮娘娘会保佑我的，所以我不害怕。"

"月亮娘娘？"刘恒第一次听到这种说法，很感奇怪，"你听谁说的？"

窦姬说："民间都知道。"接着她讲了民间关于月亮娘娘的传说。刘恒听得非常入神，他惊奇地打量着窦姬，发现这个女孩身上，透露着神秘又可爱的光华。

窦姬见刘恒听得出神，又问道："大王，您天天读书，书里有好听的故事吗？"

刘恒回转心神，笑笑说道："当然也有。对了，你也读过书吗？"

"读过一点，后来家里没钱，也就不能读了。"

"你要是喜欢看书，就拿我的书去看。"

"真的吗？"

"真的，我还会说假话吗？"

月光下，一对有情人越谈越亲近。一会儿刘恒静静地听窦姬讲述自己的身世，一会儿窦姬又侧耳细听刘恒在晋阳推行仁政、治理国家的壮举。刘恒感慨窦姬身世凄苦，却能自强不息，窦姬佩服刘恒身陷逆境，却能少年有为，渐渐地，两个人由初识时的相互喜爱，变成彼此间的深深吸引，深深爱怜。他们清楚地感到，这是自己人生的另一半。

一夜长谈，东方将白，刘恒拉着窦姬的手，深情地说："我们互相鼓励，一定能克服更多困难。"

窦姬满脸红晕，轻声细语："大王心怀百姓，让我感动，如果能帮助大王，我肯定在所不辞。"

刘恒非常高兴，他起身说道："我这就去求太后，请她同意我们的婚事。"

其实薄姬对刘恒和窦姬的事情早就有所察觉，她想，恒儿长大了，也该娶妻生子了。可是窦姬身分低贱，做一个侍妾还可以，如果真的嫁给恒儿做夫人，岂不有失体统？

听到刘恒要迎娶窦姬的消息，薄姬默然不语，对她个人来说，窦姬聪慧大方，勤劳朴实，是难得的好女子，嫁给刘恒，身为母亲当然十分满意。可是从身分来看，刘恒贵为皇室子弟，一国之主，而窦姬出身贫贱，宫中侍女，两个人的地位差距太大了，怎么可能平起平坐呢？

古时讲究门当户对，婚姻大事不只是个人的事，更是家族的事，作为皇室子弟，其婚姻更是牵扯到国家社稷的大事。岂能随心所欲？

窦姬了解到太后薄姬为此事为难，她主动找到刘恒，说："能够服侍大王身边，就是我的荣幸，不能因为这件事情让太后伤心，更不能因为这件事耽误大王的前程未来。"

刘恒深受感动，他把窦姬的意思禀明薄姬，薄姬点点头说："猗房能够顾全大局，足见她对你的一片真心，也可见她是位贤德的女子。"

薄姬安排下去，虽然不能依夫人之礼迎娶窦姬，但是大王娶亲成家的好日子，一定要隆重操办。

刘恒和窦姬会怎么样迎接他们人生的重大时刻呢？他们又将如何共同度过一生，创造什么样的奇迹和伟业呢？

第四节　同心同德助帝业

同(铜)协(鞋)到老

多年来王府内第一次遇到这么喜庆的事件,府内太监、侍女们无不欢欣雀跃,他们为刘恒高兴,更为窦姬喝彩。低贱的侍女嫁给高贵的国王,美妙的传说变成事实,谁不为之动容?晋阳城内外也是广泛传颂,代地百姓得知刘恒迎娶出身寒微的窦姬,再次被自己的国王所感动。人们纷纷献上贺礼,祝贺这一对新人,祝贺这一喜庆的时刻,代地一派喜气洋洋。

窦姬悄悄与刘恒商量:"这样大肆张扬,必定引起各方关注,如此大肆铺张,与大王一贯提倡的勤俭节约不相符合,我认为不合理。"

刘恒笑道:"我一时高兴,乐昏了头,光想着让世人皆知你我的幸福,竟然把国家大策都忘了。还是你提醒得对,提醒得及时。"

刘恒急忙传下命令,婚事一切从简,他特别声明,这是新娘窦姬的意思。代地百姓从此知道窦姬深明大义,爱护百姓苍生,

而且勤劳节俭,更加佩服和敬重刘恒及窦姬。

简单的婚礼举行完毕,酒罢席散,客人陆续离去。王府内刘恒和窦姬的新房里,只剩下一对新人。刘恒看着面如桃花、娇羞无比的窦姬,喜不自禁,他轻轻握着窦姬的手,默默注视着她。

过了一会儿,窦姬起身说道:"大王,我有一件东西送你。"

刘恒看她回身从床头的柜子里取出一双新鞋。窦姬心灵手巧,亲手缝制的鞋子针脚细密,大小合适匀称。刘恒伸手刚想接过鞋子,窦姬却一转身,走到摆放在一旁的铜镜前。这是一面崭新的铜镜,也是他们新婚唯一的一件新家具,是太后薄姬亲自为他们二人准备的。铜镜光滑明亮,映照在里面的人影也显得神采奕奕。

窦姬来到铜镜前,把一双新鞋摆在上面,又把自己当天穿过的新鞋也摆在上面。两双新鞋,一面铜镜,赫然展现在刘恒面前,他迟疑地问:"这是何意啊?"

窦姬走过来,深深施礼,郑重说道:"大王,这是我的愿望,愿我们能够同(铜)协(鞋)到老。"

刘恒恍然大悟,他高兴地说:"这也是我的愿望。"

婚后,刘恒与窦姬相亲相爱,不离不弃,他们互相督促,共同进步,让世人敬羡。刘恒没有嫌弃窦姬的身分,在他做了皇帝后,还册立窦姬为皇后,把他们的儿子立为太子。

有了窦姬的帮助,刘恒的事业取得更大进步。王府内的事务交给窦姬协助母亲处理,刘恒可以全心投入治理国家、发展生产、促进社会进步中。

窦姬从小孝敬父母,现在对待薄姬也是毕恭毕敬,言听计从。每天早请安,晚探视,一日三餐陪伴左右,生怕薄姬有一丝不开心，有一点不舒适。

对府中人员，窦姬也非常客气，没有因为自己变成高贵的主人就颐指气使，瞧不起人。相反，窦姬也是下人出身，更加了解他们的生活，提出一些切实可行、改善他们生存状况的改革措施。晋阳王府上尊下敬，人人生活坦荡光明，非常和谐。

嘴巴甜，靠边站

窦姬遵照祖规，并不插言朝中事务，但她看到刘恒散漫骄傲时，也会及时提醒他。

多年来，代地国泰民安，百姓丰衣足食，经济得到极大提高，据地方上报，小麦产量每亩近三百斤，达到历史新高，买卖交易兴隆，还有西域国家开始进购汉朝丝绸，手工业也很发达，生产的各种器具样式新颖，质地优良。这一切成就都是刘恒来到代地后，采取正确的措施所取得的成效。刘恒看到这些变化和进步，心里当然无比喜悦，渐渐萌生骄傲之色。

一天，刘恒议事完毕，回到王府内，闷闷不乐。窦姬急忙为他脱换朝服，递上茶水，然后问道："大王有什么不开心的事吗？"

刘恒生气地说："有些官吏身在其位，不谋其政，很多问题，一问三不知，这样下去，怎么得了？"

窦姬劝慰道："凡事从长计议，大王不要冲动，生气会伤害身体。"

原来刘恒去国库粮仓视察，询问今年粮食的收成情况，结果主管官吏竟然一问三不知，对于各种作物的产量也不了解。刘恒非常生气，这时，管理粮仓的一个小吏跑上前，侃侃而谈各种作物的收成情况，国家粮仓中粮食的储备情况，非常准确流利。

刘恒责骂主管官吏,说他不如一个小吏了解职责所在。他当场就想罢免主管官吏,提拔小吏接替他的工作。

随行的宋昌制止说:"大王不能靠几句说辞就随便罢免、提拔官员,这样做有害无利。"

刘恒奇怪地说:"提拔有用的人,罢免无能的人,有什么害处?"

宋昌说:"有用和无能不能仅靠一时的说词,如果恰逢小吏了解这些情况,说到大王心坎里去,您就重用他,大王您想会出现什么后果吗?必将导致人人以猜度主心、伶言善辩为能事。大王您看,秦朝重用舞文弄墨的官吏,官吏们争着以办事迅速、苛刻严格、严法重责为强,然而这样做的害处是什么呢?造成了人人追求徒然具有官样文书的表面形式,缺少了怜悯同情之心,丧失了仁德治理天下的实质。因为这个缘故,秦君无法听到百姓们对自己的正确评价,看不到自己的过失,国势日衰,到秦二世时,秦国也就土崩瓦解了。现在陛下因为小吏伶牙俐齿,答对一点问题就越级提拔他,恐怕世人都会追随这种风气,争相施展口舌之能而不求实际。影随形动,变化之快让人猝不及防。您这样做很快会引起众位臣僚效仿,大王您不得不防啊!"

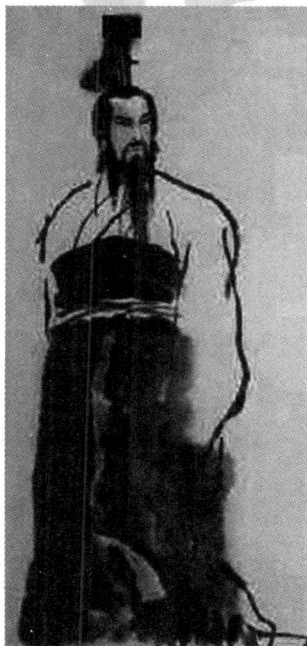

汉文帝画像

宋昌一番慷慨陈词，说得刘恒无言以对。不过他心里仍有不服，他觉得提拔小吏没有错，而且宋昌当着众人的面反驳自己，让自己下不了台，实在可恶。

窦姬了解了事情的经过后，一日晚饭，她对刘恒说："大王，今天的饭菜您觉得可口吗？"

刘恒品尝一下，皱着眉头说道："今天饭菜好像没有熟透。"

窦姬慌忙跪下说："大王，真的很难吃吗？尚食监高怯说我做的饭菜难吃，被我赶出王府去了。"

"什么？"刘恒说到，"高怯在王府多年，他烹制的饭菜最合太后口味，你把他撵走了怎么办？"

窦姬小声说："我以为他瞧不起我呢！"

"怎么会瞧不起你呢？他的工作是负责王府中的饭菜，你做得不好，他给你指出来不是很应该吗？你不虚心接受意见还迁怒于人，太不应该了。"

窦姬说："所有人都说饭菜好吃，只有他一个人说饭菜难吃。你说我该听谁的呢？"

刘恒叹气说："你难道不明白别人都是巴结你吗？只有高怯说的是实话。"

"原来实话都是难听的，大王教导，我明白了。这么说来宋昌顶撞大王，话虽然难听，却是实话。"

刘恒这才明白窦姬的用意，想了想说："你说得对，是我错怪了宋昌。"

刘恒没有责怪宋昌，继续重用他。

窦姬正是这样用她无私的爱全心辅佐刘恒，劝说他戒骄戒躁，虚心纳谏，仁爱百姓，及时改正错误，确实是一位贤惠聪明的

窦皇后陵

女子。

　　刘恒深爱窦姬，更深知她的才能，在做了皇帝后，册立她为大汉皇后。窦姬贵为皇后，仍然念念不忘自己的兄弟，四处散布消息，希望寻找到离别多年的兄弟，这又引起一段皇后认弟的故事。

皇后认弟

　　这是刘恒承大统，册立窦姬为皇后以后的故事。

　　窦姬立为皇后以后，念及她的凄苦身世以及她关爱百姓、勤劳善良的高贵品德，刘恒颁下诏书，赐给天下所有鳏寡孤独之人、生活穷困之人布匹、米面、肉食等各类生活用品，对于八十岁以上的老人、九岁以下的孤儿，增加赏赐数额，每人一石米、二十斤肉、五斗酒、两匹帛、三斤棉絮。世人对于新皇后的善举，无不欢呼庆贺,奔走相告,以示感激之情。

窦姬身居未央宫,成了至高无上的后宫之主,回想起初入宫时的岁月,更深深思念离别多年、音信全无的两个兄弟。窦姬经常站在宫内,手扶玉栏翘首北望,她多么渴望再次见到他们,与他们共享天伦之乐啊!

刘恒看出窦姬的心事,与她商量:"可以派人去寻找两位兄弟,把他们请来,与家人共享欢乐。"

窦姬说:"多谢陛下,只是分别时年龄尚幼,这么多年过去了,也不知道他们是不是还在家乡生活。"

刘恒说:"先派人去打探一下吧!"

派去的人来到窦姬的家乡,很快他们找到了窦姬的兄长,而幼弟不见踪影。原来幼弟广国在窦姬走后与兄长失散,至今生死未卜。

窦姬听说弟弟不知去向,心中焦躁,整日寝食难安。刘恒又安慰她说:"现在天下太平,朕颁下诏书,请天下人共同寻找广国的下落。这样肯定很快就能得知他的消息。"

此时,关于窦姬的离奇身世和她立后恩泽百姓的事迹已经广为人知,诏书一颁布,皇后寻弟又成了百姓们津津乐道的话题。很快,消息传到一个人的耳中。这人正是窦姬的弟弟广国。失散后,广国卖身到一个财主家为奴,财主派他去深山烧炭。烧炭的一共有一百多人,他们白天工作,晚上挤在一个窝棚里睡觉、休息。窝棚搭在山脚泥崖下,一天夜里,天降大雨,山泥倾斜,把窝棚砸塌了,睡在里面的人也大多死于非命。广国睡在窝棚边上,大难不死,侥幸逃了出来。他深感危险,不敢继续在那里工作,就算计着赶回家乡。他一路做点零工,勉强填饱肚腹,借以度日赶路。就在这时,听说了皇后寻弟的消息。

广国打听到新皇后姓窦,是赵国人,家乡也在观津,心里顿时又惊又喜,决定进京认亲。

来到长安,面对繁华的都市,这个穷小子眼花缭乱,不知道到哪里去认皇后娘娘。他彷徨在街头,掂着手里仅剩的一点碎钱,这时他才想到,如果皇后不是自己的姐姐,那么他又该怎么办呢?

广国无奈之下,看到街旁一个算卦相面人,他走上去,递上最后一点碎钱,请他为自己相面占卜未来。屡遭命运摆弄,他已经失去自信了。相士看看广国,惊呼道:"这位贵人,不日必将封侯加爵。"

广国一听,信心大增,一路探听,来到未央宫门外,他壮起胆子,跟守门官吏上报说,他就是皇后失散多年的弟弟。官吏早就接到上级命令,不论何人,只要声称是皇后的弟弟,就要善加对待。官吏们都知道皇后寻弟心切,不敢有任何怠慢。况且皇后富贵后,不忘穷苦亲人,值得世人同情和尊重,他们都乐意为皇后寻回弟弟尽心出力。

窦姬接到官吏汇报,听说有人来认亲,急忙下令召见。广国走进巍峨森严的未央宫,在太监们的带领下来到窦姬宫内,他跪倒磕头,吓得大气不敢出。窦姬看看他,说道:"你抬起头来吧!"

广国觉得声音好熟悉,急忙抬头观看,失声叫道:"姐姐。"窦姬离家时已经十三四岁,模样面貌与现在变化不大,广国时常怀念疼爱自己的姐姐,所以多年过后,依然深深记得她的相貌,于是一见窦姬,就喊出声来。

窦姬见他亲切,回想离别时他只是年幼的孩子,现在跪着的是个身强力壮的小伙子,她也不敢贸然相认。考虑再三,窦姬问他可有没有见证。

广国脱口说出当年窦姬带自己采桑椹,不小心摔下树来的事,窦姬一听,当日为救弟弟进宫为秀女的一幕呈现眼前。广国接着说:"我和哥哥送姐姐到驿站,姐姐还为我们讨了一盆冷饭,又亲自烧水给我们洗头,叮嘱我们节约花钱。"

窦姬听到此,泪如雨下,她跑过来,抱住弟弟,二人大声痛哭。哭声震撼了宫内太监、宫女,他们也跟着泪流不止,一时间,未央宫内,众人都为皇后寻回弟弟感叹唏嘘。

刘恒知道窦姬寻回弟弟,也很高兴,他赏赐了广国田宅、钱财。照说身为国舅,应该封官加爵,可是窦姬说:"他自幼贫寒,没有接受教育,没有知识,怎么懂得安邦定国的策略?陛下赏赐他钱财、田宅已经很仁慈了,不要纵容他。"

在窦姬的严格要求下,广国兄弟俩一直谨慎小心,从不以国舅爷的身分自居,尊重朝臣,爱护百姓,而且主动学习礼仪知识,谦让有礼,过着普通平实的生活。

窦姬从一个普通乡村少女,几经磨难,甚至颇具神奇色彩地一步登天,当上了大汉皇朝的皇后,真是令人感叹不已。回想她传奇的经历,也许真的是月亮娘娘显圣,帮她到达人生的极点,可是这其中,她能够最终做皇后、做太后,尊贵无比,与她的勤劳、善良、宽容是分不开的。如果她是一个懒惰、狭隘、自私的人,是永远也不可能达到如此高贵的人生境地的。

总而言之,刘恒和窦姬的爱情富有传奇色彩,为后人所称颂。窦姬的爱情给了刘恒温暖和信心,极大地鼓舞了他,为他继承皇位,开创一代盛世,提供了精神源泉。

第八章 修好匈奴邻，相安共发展

　　代地北临匈奴，它的重要职责就是防御匈奴入侵，安定国家边疆。汉朝建立后，几次与匈奴交手，都以失败告终，高祖被迫采取和亲计策。冒顿做了匈奴单于后，写信侮辱吕太后，意欲挑起战事，是战是和？汉廷议论纷纷，身为代地国王的刘恒又是什么主张呢？他亲临边关，慰劳将士，制订战略，采取多种措施对抗匈奴入侵，会成功吗？

第一节　匈奴扰境

冒顿辱吕后

匈奴一直威胁着大汉朝的北方边境，从高祖起，采取和亲安抚策略，两国边境暂时安宁下来。代地是汉朝最北方的一片国土，防御匈奴入侵是当地重要的军事任务。边境诸郡，云中郡、代郡、辽东等地紧邻匈奴，是防御匈奴的第一道防线，历来都由能征善战的将领担任地方郡守严防匈奴入侵。

匈奴都城遗址

　　吕后称制的第二年，汉王朝与匈奴之间发生了一件大事。匈奴单于名叫冒顿，他带领匈奴勇士们开拓疆域，东边收复胡，西边吞并月氏，往南攻占到长城脚下，匈奴的势力空前强大。高祖时，"白登之围"让高祖差点葬身北疆。

　　吕后称制，匈奴认为汉王朝更换新主，有机可乘，打算南下侵占中原。为了发动战争，冒顿单于主动挑起事端，听取右贤王的意见，给吕太后写了一封信。

　　此信呈给吕太后，她展信拜读，不由得勃然大怒。原来这是一封冒顿侮辱吕太后的信。信中冒顿写道："你是中原的国主，我是匈奴的国主，你没有了丈夫，我的阏氏也刚刚去世，你是寡妇，我是鳏夫，如果我们结合，你嫁给我的话，岂不是两全其美的事？你我二人，携手共进，驰骋在长城内外，一起统治两国的大片领土。我估计这样一来，两国再也不会发生战事了。"

　　面对如此侮辱，吕太后立即下令全国备战，讨伐匈奴。两国关系骤然紧张。

　　刘恒接到朝廷命令，一方面积极备战，他传下令去，各地郡守严阵以待，随时准备战斗，一方面他上奏朝廷，详细而严谨地分析匈奴挑起事端的真正原因。他认为匈奴兵强马壮，军事力量强大，而且他们准备充分，如果双方真的开战，必定造成极大的损失，严重破坏刚刚复苏的社会经济。

　　针对吕太后准备对匈奴作战，朝廷上下也展开激烈争论。文臣武将各抒己见，究竟要不要对匈奴作战，成了最引人关注的话题。大将樊哙坚决主张对匈奴开战，他大大咧咧地对吕太后说："匈奴小贼，竟敢侮辱太后，请太后给我十万人马，我即刻扫平匈奴。"

樊哙墓

　　樊哙是吕太后的妹夫，听他这么说，太后连连点头表示赞同。朝中大臣见樊哙如此说，又见太后点头赞许，也只好支持对匈奴作战。

　　这时，殿堂下走出中郎将季布，他官位不高，但为人耿直，从不阿谀奉承，忙说："请太后慎思，先帝在时，曾经亲率三十万大军征讨匈奴，结果如何？白登之围，侥幸脱险，请问朝中诸位将领，谁能比得上先帝？樊哙曾经亲随先帝出征，身陷白登，现在却蛊惑人心，言过其实，鼓动战事，请太后给他处罚。"

　　诸位文臣武将听季布这么说，一个个张口结舌，无言以对，就连樊哙也低下了头。

　　吕太后强压心中怒火，一边听众人议论，一边仔细考虑对匈奴作战的利弊得失。这时，使臣递上刘恒的奏章，她展开细读，轻声说道："积极备战，不错。"她慢慢读下去，眉头皱起来，轻声念道:"匈奴兵强马壮……破坏经济……"吕太后读完刘恒的奏章,再看看殿下大臣们,说:"这是代王刘恒的奏章,你们看看吧!"

大臣们都知道代地的重要性,听闻说几年来刘恒在代地推行仁政,勤俭治国,取得了不错的成就。代地与匈奴紧邻,两地多有交往摩擦,刘恒一定非常了解匈奴的情况,想到此,大臣们赶紧参阅刘恒的奏章。

最后,根据实际情况,吕太后接受多数朝臣的意见,没有对匈奴作战。相反,吕太后采取低姿态,她对匈奴使臣说:"礼尚往来,我也要给冒顿单于回封信。"

吕太后在信中写:"我年纪大了,头发花白,牙齿脱落,怎么嫁人?"然后她为匈奴送上宫女、马车,把匈奴使臣打发走了。

冒顿单于接到回信,知道汉王朝无心战事,恰好此时匈奴内部出现叛乱,冒顿急于平叛,也就不敢得罪汉王朝。他再次派使臣给吕太后送信,这次冒顿非常谦虚,他诚恳地承认自己冒犯太后,言行粗鲁无礼,请太后原谅。

吕太后见匈奴不再出兵,又跟自己道歉,也就不再生气,心情渐渐平静下来。

两国之间似乎又恢复往日的宁静。殊不知,匈奴主战派仍然没有死心,他们认为汉王朝女主执政,国内军事力量不够强大,正是进攻侵略中原的好时机。匈奴主战派趁冒顿平定国内叛乱之际,在右贤王的带领下,组织军队,偷袭骚扰代地北部边境,抢夺财物,其中威胁最大的就是云中郡。

边关告急

多年来云中郡屡次遭受匈奴滋扰,云中郡郡守孟舒率领将士严守边关，与敌周旋作战，他已经非常熟悉了解匈奴习性，面对匈奴来袭，倒也镇静自若，召集将领，商量御敌对策。

云中郡草原风光，牛羊成群，隐没在草丛之间，天高云淡，大雁成行结队，飞向遥远的南方。云中郡大营内外，将士们军容整齐，站岗放哨，一丝不苟。兵士们磨刀霍霍，准备迎接来袭的敌人，他们眼望高空，看到南飞的大雁，心情难以平静，他们大多来自南方，多年镇守边关，不能回家与亲人团聚，思念之情越来越浓烈。此时匈奴扰境，正可以把满腔思念化做一腔热血，驱逐匈奴，报效国家。

营帐内，孟舒坐在中间，将领们分列两旁。将军李严说："两国已经修书言好，匈奴再来侵扰，估计和往常一样，也是小规模骚扰，以抢夺财物为主，不会是真正的大兵压境。"

孟舒点点头，他看看南风将军，问道："你认为呢？"

南风将军说："匈奴素来没有信义，他敢挑起事端，其中必有缘故。我听说冒顿因为国内叛乱，才暂时停止对我国作战。我们不能够大意。"

孟舒想想说："传令下去做好战斗准备，随时消灭来袭的敌人。"

匈奴作战很有特色，时人总结为"利则进，不利则退，不羞遁走"。他们根据战事情况，对他们有利的时候，他们就进攻，如果条件不利，他们就会快速逃遁。很有当代所倡导的游击战的味道。匈奴人自幼骑马射箭，驰骋于广袤的草原，所以他们善于骑射，擅长野战，来去似利箭速发，如急水狂泻，速度非常迅速，令人防不胜防，他们多采取突击，来去飘忽不定，让人难以捉摸，战斗力非常强大。

　　匈奴部队在右贤王的带领下,长驱直入,杀气腾腾扑了过来。他们兵多马壮,充分利用骑兵优势,在云中郡内左冲右突,烧杀掠夺,毁坏房屋村舍,抢夺粮食、布匹、各种日常物资。

　　右贤王在匈奴地位高贵,仅次于单于,他带领的部队不但人马多,经验也很丰富,战斗能力非常强大。孟舒驻守云中郡,从来没有遇到过这么强大的敌人,几次交战,汉军损失较大,云中郡也遭受惨重毁坏。

　　情况危急,孟舒说:"敌人强大,难以抵御,你们看该怎么办?"

　　南风将军说:"应该火速告知晋阳,请晋阳派兵支援。"

　　孟舒说:"看来只能这么做了,时间久了,匈奴紧逼关内,就更麻烦了。"他派出人赶往晋阳告急。

　　刘恒接到云中郡的告急文书,大吃一惊。两国刚刚修书言好,怎么又动干戈呢?难道匈奴出尔反尔,前番挑衅和道歉是故意麻痹我军?等到我军放松警觉他又来个突击?

　　刘恒召集文臣武将商讨边关大事,有人说:"匈奴素来小规模袭扰边境,偷东西吃,偷衣裳穿,估计这次也是如此。"

　　有人说:"匈奴欺我国内无人,屡次骚扰,请大王请示朝廷,派大兵镇定北方战事。"

　　刘恒仔细询问送信的士兵,了解此次入侵的特点,然后分析说:"此次匈奴兵多马壮,进攻掠夺还有一定的组织和规模,不似以往三三两两个人偷袭,听说匈奴境内发生叛乱,冒顿正忙于平定叛乱。内乱未除,他不可能正式对我国宣战,由此看来,这次匈奴扰境确有蹊跷。"他决定亲赴云中郡,一探虚实。

　　宋昌急忙说:"国不可一日无主,大王亲自去云中,晋阳怎么办？再说，云中远隔千里，又不安宁，大王您去了，万一发生意外该怎么办？"

刘恒说："后方交给你来管理，至于我的安全，我早就想好了，几年以来，薄昭和张武一直赋闲在家，我让他们随我一同前往云中郡，给他们立功赎罪的机会。"

刘恒筹集粮草，组织兵马，在张武、薄昭的陪同下，亲率军队赶往云中郡，解救军中危机。这一去，会不会马到成功呢？

第二节　计败匈奴

君臣合力逐匈奴

云中官兵听说刘恒亲临前线,犒赏兵士,指挥战斗,个个热血沸腾,情绪激昂。孟舒率军出云中几十里,远迎刘恒。

广漠草原,一望无际,刘恒带领兵马粮草,车辚辚,马萧萧,一路往北行进。草原上,大漠孤烟,长河落日,衬着自己的一队人马那么渺小,刘恒不由得心中焦虑,能不能打败匈奴呢?

孟舒派出的探马回来报告:"大王率军日夜兼程,离云中不足百里了。"

孟舒急忙命令随行将士,策马前进迎接刘恒。两军会合,众人非常兴奋。兵士高歌欢呼,大队人马进驻云中大营。

营地上,兵士们兴高采烈,饱餐牛肉,痛饮美酒,这些都是刘恒率军亲自送来的,他传下令去,将士们保家卫国,英勇作战,流血牺牲,理应受到奖赏。以后作战,凡有斩获的,将另有赏赐。

营帐内,刘恒端坐中央,听取孟舒等人汇报分析此次匈奴入侵的详细情况。然后他命诸将各抒己见,商量对匈奴作战的具体计划。

薄昭快人快语:"匈奴抢人劫物,小毛贼的行为,我们兵多将广,泱泱大国,还会怕他们吗? 与他们真刀实枪决一雌雄,不就得了。"

孟舒说："国舅有所不知，匈奴作战，利则进，不利则退，来去迅速飘渺，很难掌握他们的行踪。"

张武熟读兵法，久经战场，他说："与匈奴作战，只能智取，不能强攻。战国时，赵国大将李牧镇守边关多年，曾经总结出一套对付匈奴的策略。我们今天不妨用之一试。"

刘恒手拍额头，猛然醒悟说："记起来了，我经常听高怯讲述赵国抵御匈奴的事迹。他曾经多次提到李牧用计大破匈奴，让人佩服，孟将军你认为如何呢？"

孟舒说："我也知道此计，只是原来云中郡缺将少兵，人员不足，不能形成围攻之势，所以没敢贸然采取行动。现在大王亲临前线，派来强兵勇将，我们合力，一定可以大败匈奴，将他们彻底赶出去。"

李牧是赵国大将军，也是战国时期有名的将领之一，他曾经镇守过北方边境。他曾根据当时的情况采取相对的措施，首先，任用自己认为能干的人为官，同时把收来的货物、税款掌握在自己的驻军公署，充当士卒的日常开销；其次，每日宰杀数头牛来犒赏将士,优待士兵;第三,加紧练习骑马射箭,重视警报系统,增设侦察人员。在军事上,严明法规:"匈奴入盗,急入收保,有敢捕虏者斩。"所以匈奴每次入侵,严密的警报系统发挥威力,士兵迅速退回营垒固守,不敢擅自出战。匈奴每次进犯都无一收获,只能空手而归。赵国军队却因此保存了实力,多年来在人员、物资上没有多少损失,为以后的伺机反击奠定了物质基础。

　　经过长时间的准备工作,戍边的将士日日受到犒赏而不被用,都踊跃请求愿与匈奴决一死战。李牧看准了时机,准备经过挑选的兵车一千三百辆,精选的战马一万三千匹,获赏百金的勇士五万人,优秀射手十万人,全部组织起来加以训练。并大纵牲畜,让人民满山遍野地放牧。匈奴见此情景,先是派遣小股兵力入侵。接战后,李牧佯败,丢下几千人给匈奴。单于听说后,率大军入侵赵地,李牧则出奇兵,以两翼包抄战法出其不意包抄匈奴军,一举歼灭匈奴骑兵十余万人。从此以后,匈奴多年不敢滋扰赵国北部边境。

　　刘恒听完张武的提议后,想起李牧戍边的故事,与孟舒讨论,他也认为可行。又经过多方仔细研究,大家一致同意采取先佯败后围攻的奇策,驱逐入侵匈奴兵马。

刘恒传下令去，将官士卒充分准备，听候命令，时机成熟，一举驱逐匈奴。云中郡将士们个个精神抖擞，加紧操练，精心备战。

一切布置妥当之后，刘恒打算去军营中亲自视察，查看将士们的准备情况。为了不打扰士兵操练，刘恒只带着随行侍卫，两个人悄悄走出大营，走到各个小队中去。

"真将军"周亚夫

刘恒转来转去，走到离大营最远的一处驻地，这里位置偏僻，营地内外人员稀少，见不到有人操练。他奇怪地想，这里是做什么用的？难道是处空营地？

刘恒走到帐门外，侧耳细听，里面好像传出练功比武的声音。他正准备破门而入，忽见一个士兵拔刀挡在门前。冷不防蹦出个守门卫兵来，吓了刘恒一跳。随行侍卫上前呵斥道："见了大王，不赶紧让路，还拔刀挡驾，你找死吗？"

卫兵听说是大王，先是吃惊，继而施礼参拜，随后坚决地说："将军有令，谁也不能随意进入，我不敢放大王进去。"

侍卫盯着卫兵说："哪里来的将军，真是胆大包天。"

两人正在争执，营帐内走出一个少年将官，看上去不到二十岁，身材瘦长，脸色红润，身披甲胄，威风凛凛，颇有大将风范。他出来后，问道："谁在这里喧哗？"

刘恒的侍卫不屑地看他一眼，说道："大王在此，还不赶紧下拜，威风什么？"

少年将官看看眼前的刘恒和侍卫，微一躬身说道："不知大王驾到，多有冒犯，请大王原谅。"

刘恒见这个将官虽然年轻，却举止大方，言谈从容，浑身上下透露一股英雄正气，心生爱惜之意，说道："不用多礼了。你叫什么？在这里做什么？"

少年将官回答："小人叫周亚夫，是云中郡的一个低等将官，奉郡守之命秘密训练武士。郡守交代，此事机密，所以不敢让外人进入。"他就是汉朝高官周勃的二儿子。

周亚夫画像

刘恒听周亚夫这么说，心里明白了，魏尚跟自己说，他正派人训练武士，准备把他们派到最前方，假扮百姓，放牧牛羊，引诱匈奴兵来抢夺，魏尚趁机率领大军从左右夹击，出其不意包围匈奴兵马。

刘恒点点头说："魏将军很会用兵，你遵守军纪，严格约束兵士们，做得也很好。"

周亚夫见刘恒夸奖自己，连忙施礼感谢，但是他仍然不同意刘恒进帐参观，他说："这是战地，我是将士，将士听从长官的命令，而不能随便听从他人，哪怕是大王的命令。"

刘恒非常欣赏他勇敢果断、严于军纪、谨慎细微、一丝不苟的作风，笑着说："你一定会成为英武的将军。"

周亚夫立下战功，果然做了将军。刘恒称帝后，有一次，命他镇守细柳军营，防守长安的安全。刘恒亲自视察军营，到营门外，遭到守卫兵将阻挡，他们说："我们只听从周亚夫将军的命令，不服从皇上的诏令。"随从刘恒的官员非常气愤，认为周亚夫目无皇帝，傲慢无礼，要求刘恒处罚他。刘恒却笑着说："周将军历来治军严谨，这才能真正防御敌人入侵。如果松散懈怠，营门都任人随便出入，怎么能抵御敌人呢？"他指着营门内盔甲鲜明、持刀拿枪、精神抖擞、严阵以待的将士们又说："军纪严明、将士威武，有这样的军队，哪个敌人还敢入侵？周亚夫是真正的将军。"从此，人们都称周亚夫为"真将军"。

周亚夫墓

再说眼前，刘恒见云中郡人人警戒，事事准备精细，心中十分满意，紧悬的心也渐渐放松下来。这天，魏尚等人来到大营，与刘恒商量说："一切准备就绪，马上就可以采取行动，攻打匈奴了。"

第三节　相安共发展

活捉右贤王

按照事先准备，孟舒派出假扮百姓的士卒，追赶牛羊到草原谷地去放牧。成群的牛羊漫步在草地上，安然自得地啃食草木；放牧的人吹着口哨，摇着牧鞭，眼望牛羊，神情怡然。好一幅天然放牧图。

匈奴派出的探马看到此处遍地牛羊，无人防守，马上回去禀告右贤王。右贤王来到云中郡，抢夺了许多物资后，非常得意，他见云中郡将士无法抵御匈奴抢劫掠夺，处处被动挨打，心生傲慢蔑视之意，不把汉军放在眼里。今天听说有人在附近放牛牧羊，不加防备，觉得又是一次好机会。他立刻吩咐手下人马，骑马持箭，前去抢夺牛羊。

右贤王亲自带队出击，顷刻间风卷云涌般，大队匈奴将士直冲进牛羊群中，他们杀伤牧人，驱赶牛羊，好似猛虎下山，又如饿狼扑食。牛羊高声乱叫，惊恐万状，慌不择路，四散而逃。刚刚天然宁静的放牧场景被血杀掠夺所替代，惨不忍睹。

匈奴大肆抢夺牛羊，顾不上四周情况变化。这时，孟舒和张武分别率领两路人马从左右包抄过来，汉军将士们争先恐后，奋勇向前，他们手舞刀枪，口中呐喊，喊杀声响彻云霄，震动草原。

假扮牧人的士卒纷纷拿起准备好的刀枪剑戟,与惊慌失措的匈奴展开搏杀。

激战之后,匈奴大败,士卒们仓皇逃窜,溃不成军,右贤王被俘。

刘恒得知汉军大胜,急忙摆酒设宴,迎接凯旋的将士。孟舒等人将右贤王及所有被俘虏的匈奴士兵带回营地,交给刘恒处置。

刘恒打量右贤王,见他年纪不过二十岁上下,身材魁梧,脸色威武,神态间顿显英雄豪气。刘恒问道:"你我两国已经修书言好,为什么你出尔反尔,屡屡侵犯我国边境?"

右贤王侧视刘恒,脸色傲然,并不答话。

薄昭上前喝道:"战败之人,还敢如此无礼,跪下。"

右贤王依然纹丝不动。

薄昭刚要动手推倒右贤王,刘恒制止道:"且慢,右贤王,你身为匈奴高官,出兵犯境,难道不知道出兵的严重后果吗?"

众将见右贤王不说话,态度傲慢,纷纷嚷道:"大王,杀了他,警告匈奴。"

刘恒说:"杀他容易,可是两国关系会因此恶化,带来无穷尽的战争和灾难。"他又对右贤王说:"今天将你们俘虏,但是我不会杀你,我放你回去,请你转告单于,既然两国已经修好,就应该遵守约定,互不侵犯。"

右贤王听说刘恒不杀自己,感到奇怪,他瞪视刘恒,似乎并不相信。

刘恒接着说:"所俘匈奴将士,告诉他们,愿意回去的,就放他们走,不愿意回去的,就留在此地务农为生。"

众将急忙说:"好不容易俘虏他们,把他们放回去,不是纵虎归山吗?我们驱逐匈奴,立下功劳,应该拿战俘的人头向皇太后请功邀赏。"

刘恒挥手说道:"两国为邻,理应和睦相处。多年来,边境战事不断,给双方国家造成极大的损失,黎民遭殃,生灵涂炭。现在我国经济刚刚恢复,不能再次参与战争。况且朝廷已经与匈奴言好,如果我们不顾全大局,只考虑个人的利益得失,滥杀俘军,触怒邻国,这是不可取的。"

右贤王听到此,不由得暗暗佩服眼前的这位少年君王,他施礼说道:"贵国礼仪大邦,匈奴不及,大王明智仁爱,我所不及。我很敬佩您。"

听右贤王这么说,刘恒及众将笑起来。薄昭气哼哼地说:"要不是大王仁慈,我早就把你宰了。"

刘恒说:"右贤王,我听说你是单于的儿子,地位尊贵,希望你回去后,不要忘了转告单于,遵守盟约,相安为邻。"

右贤王再次施礼感谢刘恒,说道:"我一定禀明单于贵国与我国相善为邻的诚意,我也不会进兵袭境了,请大王放心。"

刘恒说:"贵国游牧为生,缺乏粮食、布匹,但是你们牲畜繁多,尤其马匹强壮,完全可以与我国交易,换取粮食等日用物资。紧靠我国边境之地,也可以发展农业,鼓励生产,促进经济进步。两国富裕了,国泰民安,才是长久之计。"

右贤王听了,想想说:"我会把这些建议上奏给单于,请他定夺的,多谢大王美意。"就此拜别刘恒,带领自己的人马回去了。

屯田戍边

送别右贤王，刘恒召集孟舒等人商议，边境之地，居民混杂，戍边的将士来自全国各地。他们戍守边关，常年无法与家人联系相见，而且除了平时操练以外，多数时间无事可做，寂寞度日。朝廷为了供养边关将士，每年花费大量钱财，提供万石粮草，负担十分沉重。而粮草、钱财都来自百姓们的辛勤劳作，进而也加重百姓负担，不能保证经济快速发展。孟舒也多次提出戍守边关最担心的问题就是粮草供应不足，动摇将士军心。他把自己家的私有财产都贴补到军用上，经常杀牛犒劳将士，稳定军心。

刘恒来到云中郡多日，他视察四周情况，逐渐想出一个好办法。

刘恒问孟舒等人："将军担心粮草供给，我在这里住了几日，想出一个主意，你们听听可不可行。"

孟舒急忙说："这是我最担心的事情，多年来我的家产都投进来了，正愁下一步该怎么办呢。"

李严等将领齐声说："孟将军体恤爱兵，鼓舞士气，令人佩服，让人敬重。"

刘恒说："云中附近土地平坦，田野千里，如果发动百姓们开垦荒地，耕种庄稼，岂不是可以增加收入？将士们久居此地，也可以屯兵垦田，自给自足，保证粮草供给，减轻百姓负担，你们说怎么样？"

众将听了，一时无言以对。将士们打仗行兵，抵御强敌，保家卫国，镇守一方，怎么能开荒种地，播种收粮呢？

刘恒看到大家疑惑，接着说道："秦能够统一天下，在于国家强大，他所以强大，就是因为发展农业，鼓励生产，当时历任秦王不但鼓励百姓们耕种,还提出屯兵垦田的策略,将士们开垦土地,种田自足,充分保证了国家的经济实力,终于成为最强大的诸侯国,并且为秦始皇兼并六国、一统天下奠定了坚实的基础。由此可见,屯兵垦田是非常有利的一项政策。"

孟舒说:"可是将士们平时习武作战,恐怕不懂得耕种吧?"

刘恒说:"将军此话就错了,请问你的士卒们,他们是不是大多数来自农家,从小就懂得耕种劳作的人?"

众将仿佛突然醒悟,点头而言:"对呀,士兵大都是农家子弟,收编到队伍里来的,他们应该知道耕种事宜。"

孟舒说:"有些将士参军卫国是为了建功立业,创建功勋,如今叫他们拿起锄头,刨地耕种,他们心有不甘,恐有怨言。"

刘恒说:"耕种田地,收获粮食也是为国为民的事情,如果没有充足的军需,怎么对抗强敌,怎么建功立业?再说,现在两国修好,不可能战事频频,趁此机会,垦田收粮为国家百姓减轻负担,不是很好的事情吗?"

刘恒见众将没有言语,知道他们仍然不服,不肯接受屯田策略,想了想又说:"为了鼓励士气,发动大家,我想应该跟将士们言明,开垦荒地,收获粮食也是战斗,如果谁开垦的地多,谁种的庄稼好,也给他们立功,给予奖赏。而且开垦的土地归个人所有,他可以永久拥有自己开垦的田地。"

众将听到此,知道刘恒心意已决,考虑到具体的情况,遂慢慢同意屯田戍边的策略。

刘恒又传下令去,一方面组织军士们垦荒种地,发展生产,另一方面,鼓励地方上百姓移民此地,相互辅助,共同开发利用好这一片广阔的土地。

　　在正确的屯田制度指引下,云中附近的土地迅速开发,出现了大片农田,人口也随之增多,他们更新农具,推行旱作技术,农作物产量大幅度提高,居民生活得到极大改善,戍边部队不但不用京师发送粮草,还把多余的粮食运往京师,供应国家开支。

　　边境出现繁荣景象,附近匈奴受到影响,他们也搬到汉地,学习汉人的耕种和文化,促进了民族交融和进步,一度呈现和睦相处的局面。

　　据史书记载,文景时期,太原郡所辖二十一个县,土地面积51 750平方公里,住户169 863家,人口680 488人,每县平均居住8 089户,人口密度13.1人每平方公里;河东、太原、上党诸郡供应关中粮食,避免漕运之繁费和砥柱之险,所以三郡农业深受西汉政府重视。

　　云中之行,刘恒降服匈奴,修好邻邦,又制定屯田戍边制度,发展边境经济,促进了社会进步,也为汉王朝解决了一个重大的边关问题。

第四节　冯唐论英雄

　　回到晋阳后,刘恒根据战功恢复张武和薄昭的职务,继续推行黄老学说,治理代地,发展经济。

　　时光飞逝,一晃又过去了好几年。关于刘恒和匈奴的关系,还有一个故事需要讲一讲。那是在刘恒做了皇帝以后,一天,云中传来消息,言说匈奴又和我边境守军发生摩擦,此时的云中郡守魏尚,率军打退了匈奴的进攻,杀死了一些匈奴人马,刘恒听后,非常生气,他立即派人去云中核实。

　　结果,情况确实如此,原来几个匈奴人偷袭云中附近居民,抢夺他们的牛羊。魏尚想,我军击败匈奴,他们同意和好,立誓不再滋扰云中,没有想到,这才几年,他们就故技重演,又来侵害百姓。一气之下,他就命令部下赶跑了匈奴,杀死十人,为了彰显自己的功劳,他上报朝廷说杀死了十六个匈奴人。

　　刘恒主张与匈奴修好,见魏尚贸然杀人,心中气恼,他说:"魏尚历来以杀敌多为荣,为了追求荣誉不择手段,前几年就想杀死匈奴右贤王邀功请赏,而不考虑国家大计,不以大局为重,像他这样残暴的人镇守云中,怎么能贯彻好中央的法令,与匈奴修好,保我边境平安?"于是他传下令去,召魏尚回朝。魏尚回朝后,刘恒立即罢免了他云中郡守的职务,以示惩戒。

有一天，刘恒坐在车里，就问身旁的冯唐，你的父老都是做什么的，家在哪里，冯唐一一如实回答。原来冯唐的祖父是赵国人，父亲从赵国迁到代地，汉朝建立后，又迁往安陵。冯唐以孝顺著称，被任命为中郎署长，侍奉在文帝刘恒身旁。刘恒听后，问道："我在代地居住的时候，尚食监高怯经常对我说，赵国的大将军李齐，非常贤能，曾经指挥过巨鹿之战。现在我每次吃饭的时候，都会想起巨鹿之战。你父亲了解他吗？"冯唐回答："他不如赵国的大将廉颇和李牧。"刘恒很奇怪，问道："为什么？"冯唐回答说："我父亲过去为代相时，对赵国大将李齐很好，他知道李齐的为人。"刘恒很了解廉颇和李牧的为人，沉思良久，拍着刀鞘感叹说："哎呀，我没有廉颇和李牧这样的大将可用，否则，我还忧虑什么匈奴呢？"冯唐当面说："依我看，陛下，您即使得到廉颇和李牧，也不会善用啊！"刘恒大怒，起身回到自己的住处。过了很久，又召冯唐晋见，责问冯唐说："你为什么当众羞辱我，难道不害怕我处罚你吗？"冯唐感谢说："我这个人心直口快，不知道忌讳啊！"

文帝刘恒问冯唐这些话时，心里正为匈奴进犯而忧虑，所以才有以上那些对话。原来，匈奴新立了国君，他不顾旧好，进犯边关，侵扰百姓，杀害了守边都尉，夺走了都尉印。刘恒对匈奴进犯之事，很关心，就又召来冯唐问道："你为什么认为我不会善用廉颇和李牧呢？"

冯唐回答说："我听说上古贤德的君王任用派遣大将，跪在地上手推车毂说，朝廷内部的事情，寡人说了算，由寡人来治理，朝廷以外用兵打仗的事，将军你说了算，由你指挥。那时，军队打仗、军功赏罚，都由将军在外地决定，回朝后再奏明君王。这话并不是虚言啊！我祖父说过，李牧为赵国大将时，据守边关，军队收来的赋税，都用来犒赏士兵，赏罚由他自己决断，赵国内从不干扰。委给他重任，只要求他成功，所以李牧才能使出他的全部智慧，选拔派遣战车一千三百多辆，战马一万三千余匹，获得赏赐百金的士兵十余万人。这样，他才得以北面驱逐匈奴单于，攻破东胡，消灭澹林，西面阻击抑制强大秦国的进攻，南面对付韩国和魏国。这个时候，赵国几乎成就霸业。后来，赵王迁继位，他母亲把持朝政，听从郭开的谗言，诛杀了李牧，用颜聚代替他为将。所以才兵败士北，被秦国消灭。如今我听说魏尚当云中郡守时，军队收来的赋税，都用来给养士卒，自己出钱，五天杀一头牛，招待宾客将士、武士浪人，匈奴听说都很害怕，远远回避，不敢靠近云中边塞。曾有一日，胡虏入侵，魏尚率领车骑迎击，杀掉他们很多人。那些士卒小兵，都是百姓子孙，从耕种的田地中从军入伍，哪里还知道他们的籍贯亲人啊！他们终日战于沙场，斩敌首级，俘虏敌兵，九死一生，筋疲而力竭。朝廷不仅不因为他们的战功而奖赏他们的家人，反而因为一句话不符合朝廷的心意，就使用文吏绳之以法。其中赏赐得不到运用，而文吏执法却被朝廷严格执行。我很愚钝，认为陛下执法太过严明，赏赐太轻，惩罚太重。轻赏重罚，人心俱寒。况且，云中太守魏尚，只因在皇上面前贪图功名而虚报六个敌人的首级，陛下您就撤了他的官职，削了他的爵位，处罚他的作为。由此看来，陛下虽然得到廉颇和李牧，也不会善用啊！我很愚笨，触犯了忌讳，死罪死罪。"

　　文帝刘恒听了冯唐这番话，心生惭愧，他不仅没有责怪冯唐，反而对冯唐心悦诚服。就在这一天，他指派冯唐手持皇帝的节杖去特赦魏尚，恢复了魏尚云中郡守的职位，并拜冯唐为车骑都尉，主管军队赏罚和各郡国兵马战车的建设。

自魏尚恢复云中郡守职务后，他更加尽心尽力，保边戍国，令匈奴多年闻风丧胆，不敢轻易冒犯边关，汉朝的边境安稳了许多年。

可见，刘恒不仅仁慈敦厚，法纪严明，而且勇纳谏言，不记私仇，知人善用，不愧是一代明君圣主。

第九章 吕后除皇裔，机智脱险情

　　吕太后临朝称制，大封诸吕，吕氏掌控了汉廷，皇室斗争越来越残酷，接二连三的刘氏子孙遭到迫害，赵王成为厄运的代名词，这时，吕太后将下一个目标盯准了刘恒，他要怎样脱离险境呢？

第一节　惠帝去世

萧规曹随

公元前 188 年，汉惠帝刘盈去世了，这位年轻的皇帝只活了短短的二十四年，在他做皇帝的七年间，朝政内外大小事情几乎都是他的母亲吕太后说了算。刘盈虽然是皇帝，却什么事情都做不了主，如同傀儡木偶，任人摆布，所以意志消沉，整日无所事事，靠饮酒娱乐聊以度日，最后抑郁成疾，不治而终，可谓郁郁而死。

刘盈在登基的初年，也想有所作为，发展汉室江山的。他登基不久，丞相萧何病故，太后采纳高祖临终时的遗言，让曹参做了丞相。曹参本来是个将军，是齐国的丞相，他为齐相时，曾经拜访了一位叫盖公的隐士，向他打听治国的方法。盖公说："治

萧何墓

理天下,应该清静无为,让老百姓过安逸的日子。"

曹参采纳盖公的建议,尽可能不去打扰百姓,他做了九年的齐相,齐国属下七十多座城郡都很安宁,生产得以发展,百姓的生活逐渐富裕起来。

曹参接任大汉丞相一职后,继续推行清静无为的治国策略,什么事情都按照萧何规定好的章程办理。有些大臣看到曹参无所作为的样子,非常着急,就主动找他,劝说他,希望帮他出出主意。结果,曹参见到他们,总是请他们一起喝酒,不给他们议论朝政的机会。

刘盈本来以为曹参上任后,会"新官上任三把火",搞出点什么名堂,没有想到,他这么不温不火,一副听天由命的架势。惠帝也沉不住气了,他秘密召见曹参的儿子曹窟,对他说:"你回家后,问问你父亲,就说现在高祖不在了,皇上那么年轻,国家大事全靠相国主持,可是他整日喝酒,不问政事,长此下去,国家不就衰败了吗?"曹窟回到家后,找个机会,把皇上交代的话跟曹参说了。

曹参听后,火冒三丈,拿起木板,一边追打儿子,一边骂道:"小毛孩子,你懂什么?你也配议论国家大事?"

曹窟挨打以后,满怀委屈地回到惠帝那里去诉苦。惠帝听了,也觉得很不高兴。

又到了早朝的时候,刘盈就问曹参:"曹窟跟你说的话,是我让他说的,你为什么打他?"

曹参并不慌张,他意味深长地问惠帝:"陛下,您要是跟高祖相比,您觉得谁更英明?"一句话,问得皇上跟满朝文武都很吃惊,不知道曹参是什么意思。

刘盈回答说："我怎么能比得上先帝呢！"

曹参又问："我跟萧相国比，哪一个更能干呢？"

刘盈听了，笑起来，随后说道："爱卿似乎不如萧相国。"

曹参又深深地鞠上一躬，诚恳地说："陛下英明，陛下不如高祖，我又赶不上萧何。高祖和萧相国在的时候，已经制定了完善的规章，我们为什么不按照它们去做呢？所谓从善如流，我们这些做晚辈的，不能因为自己贪功好名，而改变先人制定的非常完善有效的制度和策略啊！我们要做的就是认真按照先皇和萧丞相的既定方针办理，恪尽职守，一丝不苟，努力实现先皇和萧丞相订下的目标。"

曹参像

刘盈点点头，好像已经有些明白。

这件事在历史上被称为"萧规曹随"，曹参的做法适应了当时战乱后，百姓急需安定发展的环境，受到人们称赞，百姓歌之曰："萧何为法，判若画一；曹参代之，守而勿失。载其清净，民以宁一。"

曹参采取的措施，一方面为了适应当时的社会环境，另一方面，他看出当时的政权实际上被太后掌握，性格软弱的刘盈很难对抗谋略超人的太后，在这种权力争斗微妙的时刻，曹参选择了明哲保身，保护自己和家人不被伤害。从这一点也可看出太后的势力有多么强大，相国也不敢轻举妄动。

刘盈登基没有多久，太后就毒死赵王如意，残害戚夫人，导致刘盈有病，难理朝政。在婚姻上，太后又独断专行，强令儿子娶自己的外孙女，一连串打击之下，刘盈在做了七年挂名皇帝后，忧愤地死去了。

舅舅迎娶外甥女

太后为了巩固自己的势力，不让权力落到外人的手里，在为刘盈选娶皇后上，费了很多心思和工夫。一开始，她想为刘盈挑选一位吕氏宗女做皇后，可是挑来选去，没有一个合意的；她的妹妹吕嬃又把自己的女儿推荐进来，希望女儿能嫁给皇帝做皇后，太后想，这样也好，总比外人要强，于是安排刘盈与吕嬃的女儿见面。没想到，刘盈见到自己的这位表妹，哈哈大笑，原来这位表妹长得身材肥大，面容丑陋，行为笨拙，毫无可爱之处，与她的父亲樊哙倒是极其相似。

皇帝自然不会接受这样的女人做自己的皇后，太后也认为吕嬃的女儿又丑又笨，即便做了皇后，对自己和吕氏家族也没有什么用处。

皇帝的年龄越来越大，渐渐有了自己喜欢的后宫佳丽，太后必须把握时间为儿子操办婚事，如果皇帝宠幸的女人有了地位，事情就非常难办了。

吕太后思来想去，发现了一个合适的人选，她就是鲁元公主的女儿——张嫣，也就是自己的亲外孙女，皇帝刘盈的外甥女。

刘盈听说后，大为恼怒："舅舅娶自己的外甥女，这是违背伦理的事情，太后怎么能这么做呢？"

太后却不管这么多，她想：外孙女嫁给儿子，他们都是自己家里的人，这样的话日后谁还会向自己夺权？

太后跟儿子说："舅舅娶外甥女不在五伦之列，你没听说过晋文公娶文嬴的事情吗？再说了，张嫣的父亲是王侯，母亲是公主，血统高贵，谁能与她相比，你再看看她的容貌品德超越古今，我已经为你挑选了许多美女，可是还没有一个比她强呢！"

张嫣的父亲张敖原先是赵国国王，高祖时为宣平侯，母亲鲁元公主，是太后的独生女儿，刘盈的亲姐姐。

刘盈畏惧母亲的声威，也为了自己的帝位着想，知道胳膊拧不过大腿，就顺水推舟，顾不得甥舅之忌，勉强答应了太后的要求，同意娶外甥女张嫣为后。

在太后的一手操办之下，未央宫内张灯结彩、鼓乐喧天，一派热闹气氛，皇帝要结婚了，要娶皇后了，这可是举国庆贺、万民同喜的大日子。年仅十岁的张嫣与二十岁的舅舅结拜为连理，共同走进了新房。可以想见，这样的一对新人又有什么幸福可言呢？他们不过是太后手上的两个棋子，政治的牺牲品而已，他们甥舅相对，羞愧无言，枯坐了一夜，第二天天一亮，惠帝就离开了皇后的寝宫，以后极少再到皇后身边来。三年以后，惠帝就抑郁而死，而皇后张嫣，十二岁就开始守寡，从此苦熬苦撑她的孤独寂寞、心如死灰的一生，为的仅仅是一个皇后的名分。这位皇后在三十六岁时，默默地离开人间，结束了悲惨凄苦的生活，据说，这位皇后一直到死，仍然是一位纯洁的处女，她是封建社会皇权争斗的直接牺牲品，牺牲了幸福，牺牲了一个女人生活的权利。

　　身为舅舅的刘盈在娶了年幼的外甥女以后,更加消沉,终日饮酒作乐,排遣心中的郁闷,这一段有悖伦理、令后人发指的婚姻,让刘盈彻底灰心,他知道自己终究不能与母亲抗衡,无法做一个好皇帝,没有几年,就去世了。

汉惠帝刘盈墓

第二节　吕后称制

张辟疆献计

刘盈年纪轻轻就死了，白发人送黑发人，对他母亲来说，应该是一件多么沉重的打击！八月的天空突然阴风四起，直吹得人浑身瑟瑟，仿佛为刘盈的早逝而哀鸣。

皇帝之死，国丧隆重，太后坐在灵堂前，大哭不已，可是现在的太后不仅仅是一个母亲，她心里很清楚，自己首先是一个国家的统治者。太后哀哀痛苦，却始终流不下一滴眼泪。皇帝英年早逝，后宫子女尚小，身后事将怎么处理？虽然太后一直当家做主，那也是因为有皇帝在啊！太后以母亲的身分协助皇帝，大臣们没有异议，现在皇帝去世，那些曾经能征善战的将军、机智过人的谋臣还能继续听从太后的命令吗？

太后的担忧被一个人看穿了，他就是留侯张良的儿子，十五岁的张辟疆。张良足智多谋，辅佐高祖定天下，与韩信、萧何并称"汉初三杰"。张良出身韩国贵族，不贪图荣华富贵，在高祖定天下，大封功臣的时候，他说："人生一世间，如白驹过隙，何止自苦如此乎！"不要任何封赏，准备随从赤松子游乐山水间。因为吕后竭力挽留，张良勉强留下。

张辟疆像他父亲一样，也是机智过人，他悄悄地对丞相说：

"太后只有惠帝一个儿子,现在陛下驾崩,太后一定很悲伤,可是您看她,哭了半天,怎么一滴眼泪都没有?您知道是什么原因吗?"

丞相问道:"是什么原因?"

张辟疆说:"陛下的皇子们都还年幼,后宫无人,太后害怕你们这些开国功臣们不听她的命令。"

丞相一听,说得有道理,急忙又问道:"依你看,该怎么办好呢?"

张辟疆说:"很简单,您可以请太后封吕台、吕产、吕禄她的三个侄子为将军,让他们掌管南北军,这样一来,吕氏入宫,保护太后安全,太后自然就安心了。太后安心,你们这些元老功臣也就不会有什么危险了。"

南北军是负责都城长安的军队,一旦控制了军权,就等于掌握了长安城的安全。让侄子们控制军权,正合太后心意,她不用害怕了,她随时都可以利用这两支部队戒严长安城。太后做了安排以后,再次面对惠帝的灵柩,放声痛哭,泪流满面,这次是一个母亲哭自己早早离开人世的儿子,其悲其痛,让所有的人都忍不生跟着流下眼泪。从此以后,诸吕入宫,吕氏的权力一天天大起来。

惠帝后宫当中,有一个美人,为惠帝生下一个儿子,当时还在襁褓之中。太后命人杀死美人,把她生的孩子抱到皇后宫中,假称皇后所生,惠帝死后,太后即立这个孩子做皇帝。

皇帝还是个嗷嗷待哺的婴儿,于是吕后临朝称制,由幕后正式登上了前台。

大封诸吕

吕后称制后,想进一步巩固自己的地位,就考虑册封吕氏族人为王。有一天,她在朝堂上,问右丞相王陵对这件事的看法。王陵说:"高祖曾经杀白马,与诸位大臣歃血为盟:'非刘氏而王,天下共击之。'不姓刘的人不能被封为王。现在太后想册封吕氏,这是违背当初誓言的。"王陵很坚定地拒绝了吕后,他认为不能这么做。

吕后专权

吕后听了王陵的话,很不高兴,可是王陵身为右丞相,一人之下,万人之上,是当朝首辅,他不同意怎么办呢?

吕后转过身去,看看左丞相陈平、绛侯周勃等人,问道:"你们是怎么看待这件事的呢?"她希望能够得到大臣们的赞同。

陈平说:"高祖平定天下,封刘氏为王,现在太后称制,当然也应该封吕氏子弟为王。"陈平等人话一出口,吕后立刻高兴了。

散朝以后,王陵叫住陈平、周勃,气愤地说:"当初与高祖歃血为盟的时候,你们不也在场吗?现在高祖不在了,吕后掌管天下,你们就趋炎附势,背信弃约,不顾廉耻,卖友求荣,我看你们死了以后,有什么脸去见高祖!"

王陵越说越生气,他没有想到陈平、周勃他们竟然这么容易就背弃与高祖的盟约,这么容易就同意吕后封王诸吕。陈平、周勃却面不改色,从容地说:"今天在朝廷上,我们没有你表现得勇敢,可是日后,保全刘氏江山社稷,你就不一定比得上我们了。来日方长,很多事要从长计议,我们要耐心等待时机,不可轻举妄动,鲁莽草率。"

王陵被他们说了个愣怔,不知道他们言下之意是什么,也不好再做争论,就回去了。

后来,陈平、周勃灭诸吕,迎立代王刘恒,为恢复刘氏江山社稷立了大功,他们不争一时之长短,为最后胜利保存实力的策略是正确的。正是由于他们迎合吕后,保住了自己在朝中的地位,所以,一旦时机成熟,他们能够迅速掌握局势,起到"定刘氏之后"的重大作用。

吕后得到陈平、周勃的支持后,首先册封自己已经死去的大哥为悼武王,她想试探一下大臣对封王吕氏的看法,大臣看到封的是一个死人,也不好说什么。接着,吕后又封自己的外孙、鲁元公主的儿子张偃为鲁王,张偃既是太后的外孙,也是高祖的外孙,大家也没有什么反应。

看到自己做出的许多决定,大臣们都不反对,吕后放下心来,开始大张旗鼓地册封诸吕,顺便提拔一下自己的心腹大臣。她先后封了许多吕氏王侯,就连自己的妹妹吕媭也被封为临光侯,其中最受她看重的就是吕产和吕禄。当时齐国疆土最大,吕后命人划出齐国西部,济南附近十几个城郡归吕产所管,号为吕王。赵国几任赵王先后屈死，无人为主，吕后封吕禄为新任赵王。

右丞相王陵曾经反对大封诸吕，吕后罢黜他的相职，明升暗降为少帝太傅，提升王平为右丞相，任命自己的幸臣审食其为左丞相。

一时间，吕氏家族非王即侯，既贵且富，权倾一时，荣耀无比。

第三节　铲除刘氏诸王

刘肥含恨而死

吕太后在大封自己娘家人的同时,还开始逐渐铲除高祖刘邦的几个儿子。刘盈登基的第一年,她毒死了刘如意,第二年,刘邦的大儿子齐王刘肥进京祝贺太后生日的时候,又遭到太后的毒害。

刘盈在如意死后,一直闷闷不乐,其他的弟弟又都回到属国,难得一见,这次见到大哥,格外开心。他立刻命人准备宴席,请哥哥到未央宫中一叙天伦之乐。

在兄弟们中,刘肥年龄最大,他的母亲是高祖的外妻,姓曹,很早就去世了。刘肥年长,高祖在世时,他就到封地齐国去了,在未央宫内生活的时间很短,这次回来,主要是为了给太后祝寿。

刘肥带好礼品,兴高采烈地来到未央宫内。转过亭台殿房,水池花树,刘肥来不及欣赏后宫美景,匆忙赶到刘盈的宫内。酒宴已经准备妥当,丰盛的菜肴摆了满满一桌子,来回侍奉的宫女、太监忙忙碌碌,穿梭不停。刘盈看到刘肥,立刻高兴地跑过来,拉着他的手说:"大哥,你可回来了,我真想你啊! 快快过来坐下。"

刘肥连忙躬身下拜，说："有劳陛下牵挂了，我也是国事比较多，难以脱身啊！"

刘盈扶着刘肥说："大哥，这是在自己家里，你千万不要客气。这次回来就多住些日子，我们好好聊聊。"自从当了皇帝，太后就对自己严加要求，刘盈觉得自己失去了自由也失去了快乐，身边的人都把他当做至高无上的皇帝侍奉着，这样的日子让刘盈感到很烦闷，如今看到兄长，让他开心不少。

刘肥说："陛下，你放心吧！我一定多住些日子陪伴你。"刘肥看着自己的弟弟，心想：弟弟是皇帝，也许有什么国家大事要跟自己商量。

兄弟俩边说边走，来到筵席上。刘盈指着筵席上首的座位对刘肥说："大哥请坐。"刘肥赶紧摇头："陛下，你是君，我是臣，在你面前我怎么能坐上首的座位呢？"

刘盈摆摆手说："我不是说了吗？这是在我们自己家里，就你我二人，你是兄长当然应该坐在上首，难道让我这个当弟弟的坐在上首？"

刘肥还想推让，刘盈却一再坚持。最后刘肥只好说："那我就听从陛下的安排。"说完，在上首坐下来。

刘肥说："陛下，我这次来京是专门祝贺太后寿辰的，我带的礼物还没献上去呢！"

刘盈说："不用着急，过一会儿我们两人一起去见太后。"

说话间，酒已经斟满了，刘肥和刘盈你一杯我一盏边说边喝起来。

正在这时，忽然侍卫慌慌张张跑进来，跪倒在地，匆匆地说："太后来了！"

　　刘肥一听,急忙整理衣袖,肃然站起。刘盈也站在一旁,望着宫门外。太后在众多宫女侍卫的簇拥下走过来,她看一眼刘盈,又看看刘肥。刘肥赶忙跪倒磕头:"儿臣恭祝嫡母皇太后万寿无疆。"

齐王刘肥墓

　　"起来吧!"太后说,"你来了多久了?"

　　"回禀太后,儿臣也是刚刚进京。"说着,从衣袖里拿出礼单,递给太后。

　　太后接过礼单,什么也没有说,就在旁边坐下来。刘盈看母亲坐下,就说:"母亲,您也过来坐下,我们一起给您祝寿吧!"

　　刘盈和刘肥都回到个人的座位,端起酒杯准备为太后祝寿。太后看到刘肥坐在酒席上首,刘盈却在下首,大吃一惊,她急忙说:"且慢,你们不要着急。我那里有一坛老酒,还是先帝在时留下来的,今天就用它来为我祝寿吧!"说着,命令贴身的侍女去取。一会儿的工夫,侍女端着两杯酒进来了。太后说:"刘肥,就用它祝寿吧!"

刘肥端起一杯走上前来。刘盈一看,急忙说:"等等,我们两个一起祝寿。"说着,也端起一杯。两人准备饮此酒为太后祝寿。

太后见刘盈也端走酒杯,脸色骤变,她霍地站起,一巴掌打掉刘盈手里的酒杯,愤愤地说:"你急什么?"

"啪"地一声脆响,酒杯掉在地上,摔得粉碎。刘盈一只手举在那里,吓呆了;刘肥举着酒杯也不知所措;宫里其他人也被眼前的事情吓得目瞪口呆,大气都不敢出。

太后稍微一愣,马上说:"皇上做事情总是这么急躁轻率,真是让人不放心。"这时,眼疾手快的宫女赶紧过来收拾地上的酒杯碎屑。刘盈无奈地叹口气,转回座位。

刘肥悄悄放下手中的酒杯,回到座位,看看刘盈一副无可奈何的样子,再看看太后,依然满脸盛怒。刘肥想了想,手抚额头,轻声说道:"喝多了,喝多了。"假装摇摇晃晃站起身来,走到太后面前,躬身道:"太后,儿臣喝多了,先行告退。"然后又摇晃着身体,假装醉意醺醺地辞别刘盈,匆匆忙忙逃出宫去。

第二天,刘肥仍然心有余悸,他派人秘密打听,才知道昨晚太后见自己坐在酒席上首,所以赐给他毒酒。刘肥吓出一身冷汗,急忙召集随从他来京的官员商量对策。大家听了事情的前后经过,也都非常惊恐,其中一位内史出主意说:"太后只有皇上和公主两个子女,现在公主只有几个城市,而大王是齐王,有七十多座城市,拿出一个郡献给太后,就说是送给公主,这样一来,太后肯定高兴,大王也就不用担忧被害了。"

刘肥立即采纳内史的意见,把城阳郡献给公主,并且尊称公主,也就是自己的妹妹为齐国的王太后。

太后看到刘肥又是献地,又是自甘屈辱认妹做母,不再追究他的过错,放他回去了。刘肥回到齐国,想起这次经历,一方面胆战心惊,一方面也觉得屈辱难以忍受,没有多久,就含恨去世了。

接二连三的赵王被害

继赵王刘如意之后,太后又除掉了齐王刘肥,但她并没有因此停下对其他刘姓诸王的残害。

刘如意死后,太后命淮阳王刘友继任赵王。赵国在长安的北边,地大物博,物产丰富,是长安城粮食等生活物资来源的重要保障;赵国兵多将广,其中都城邯郸是重要的军事要地;赵国的北边是代国,一旦匈奴入侵,代地发生战争,它又是保护长安城的屏障。因此赵国的重要地理位置决定其国王人选非常重要。

太后命刘友做了赵王,又把自己的一个侄女嫁给他做了王后,想透过联姻,一来减轻刘吕两家的冲突,二来也好巩固自己的权势。

没有想到的是,事与愿违。侄女嫁过去后,发现刘友不喜欢自己。身为王后,娘家又有势力,这个吕姓王后自然不甘备受冷落,经常与刘友发生争执,久而久之,两个人的关系越来越差。

一天晚上,刘友喝完酒后,趁着月色在院内散步。月华如练,薄雾轻绕,刘友望着远处的青山,随口吟诵诗句。这时,赵王喜欢的一个妃子走过来,她轻声说:“大王,今晚的月色真美啊!”

刘友一手挽住妃子的胳膊说:“如此美景,你也为我唱首歌吧!”

妃子边唱边在院中轻轻起舞,美月倩影,刘友不由得陶醉其间。王后派人打探赵王的行踪,听说赵王与妃子起舞作乐,不禁大怒,她带领身边的随从、侍女,气冲冲赶过来,指责说:"你是国王,怎么能沉迷歌舞不理朝政?"

刘友借着酒意,故意说:"什么朝政,还不是你们说了算?"他暗指太后把持朝政。

王后也不甘示弱:"你知道就好,以后不要招惹是非。"说完,命人将唱歌的妃子带下去乱棍打死。

刘友急忙制止:"唱首歌,你就要杀人,太恶毒了。"上前护住妃子,逼视着王后,恶狠狠地说:"你们家的人,真是太狠毒了。"

王后听刘友这么说,立刻回击道:"我们家的人非王即侯,没有人可以比。你怎么敢这么蔑视我家的人?"

话说到这里,刘友身边的侍卫急忙上前,躬身说:"大王,天不早了,赶紧歇息吧!"刘友和王后各自回到寝宫,从此以后,两人几乎不再说话。

转眼间,王后的生日到了,前来祝贺的人络绎不绝。王后非常高兴,命人精心准备服装、食品、各种礼物。生日筵席就要开始了,王后的贴身侍女突然进来跟她低语几句,王后顿时满脸怒气,扔下手里的发簪,匆匆走出去。

原来,刘友听说今天是王后的生日,一大早就骑着马出去了,他出去的时候什么话也没留下。宫里的人都等着刘友回来开始宴会呢!左等右等,刘友终于回来了,手里拎着一只死野鸡。他把野鸡往地上一扔,说道:"这只野鸡,一大早起来到处乱飞,还以为自己是只凤凰呢!"命令手下人把野鸡拿去献给王后做生日礼物。

王后听了刘友的话,看看地下一只血淋淋的野鸡,哭着跑进寝宫。

王后难以咽下心中这口怨气,过了几天,带领随从、侍卫赶回都城,哭哭啼啼去见太后。王后把自己和刘友的冲突添油加醋说给吕太后,最后说道:"刘友说了,你们姓吕的不配做王,你看着吧!等太后死了,我就把你们一个个都杀掉!"

吕太后听了赵王后的一通诉说,怒从心起,她下令召刘友进京。刘友知道王后回京,一定去告状了,他想家务事,太后也不能把自己怎么样。他哪里知道王后告的是死状。

刘友回到京师,先到了赵国在京师的府邸,等着吕太后召见。吕太后听说刘友回到府邸,立刻命部队将其包围。刘友不明白怎么回事,喊着要见太后,守卫人员一言不发,只是围住府邸,不准任何人出入。一天下来,刘友又渴又饿,焦躁万分,他在府内来回踱步,希望寻找机会逃出去。跟随刘友进京的随从们以及与他交好的大臣们带来食物,偷偷送给他吃。这些举动被守卫他的侍卫发现了,他们赶紧上报给吕后。吕后听了,下令诛杀这些胆大妄为、偷偷给刘友送饭菜的人,于是,再也无人敢给刘友送吃喝的,刘友饥饿难耐,痛苦地唱道:"诸吕用事兮刘氏急,迫胁王侯兮强授我妃。我妃既妒兮诬我以恶,谗女乱国兮上曾不寤。我无忠臣兮何故弃国?自决中野兮苍天举直!于嗟不可悔兮早自财。为王而饿死兮谁者怜之!吕氏绝理兮托天报仇。"

刘友再三歌唱,周围人听了无不伤心落泪,但惮于吕后淫威,谁也不敢给他送吃的。几天以后,堂堂高祖皇子、一国之王,竟然被活活饿死了!刘友死后,吕后下令以普通百姓之礼安葬了刘友,连起码的皇子待遇也没有享受到。

刘友死后，吕后又派高祖的另一个儿子，梁王刘恢接任赵王。刘恢遇到了与刘友相同的命运，他任赵王不久，吕后又把一个吕氏女子嫁给了他。

刘恢的这个吕姓王后非常霸道，她身边全是吕家人，骄奢无度，很快王后把持了赵国权力，不把刘恢放在眼里。刘恢被人看管起来，不敢随意走动。

王后擅权，刘恢无能为力，他的姬妾全都遭殃。他有一个爱姬，两人关系非常好，王后知道后，赐毒酒害死了爱姬。刘恢唯一的寄托没有了，心中郁闷难解，做了四首诗，天天吟唱，纪念死去的爱姬。这样勉强度过了两个月，刘恢就自杀了。

吕后听说刘恢因为痛悼爱姬郁闷而死，不以为然，说他因为一个女人放弃宗庙社稷，真是无能！下令废除他的封号，子嗣不得继承王位，他这一脉从此断绝烟火。

赵王成了厄运的代名词，前后三任刘姓赵王被吕后诛杀，接下来谁还敢去赵国做王呢？

此后，燕王刘建去世，遗留下了一个幼子，吕后听说，下令杀了刘建的儿子。刘建没有其他子嗣，燕国被除，刘建的烟火也断了。

高祖本来有八个儿子，一个做皇帝，七个做诸侯王，现在倒好，前前后后死了六个，只剩下代王刘恒和淮南王刘长了。他们两个人能逃脱厄运吗？

第四节　机智脱险

厄运将至

刘氏子嗣惨遭杀戮，噩耗一个个传到晋阳，刘恒木然了，他怀念兄弟情深，见他们年轻早丧，心中无限忧伤，让他更加难过愤怒的是，这些兄弟大多死在吕后的手中，这究竟是因为什么？刘恒跑到系舟山上，放声大喊，为自己死去的兄弟们鸣不平。可是空谷深壑，只有回音长鸣，哪有答案等着他呢？

刘恒愤然痛苦的时候，常常食不知味，夜不能寝，躲在王府后院埋头耕作，希望这样可以减轻心中的痛苦。

太后薄姬和儿媳妇窦姬看在眼里，疼在心上，她们默默地守护着刘恒，尽可能地安慰他、劝导他，希望他早日振作起来。

一天，刘恒默默地吃着早饭，周围静悄悄的，谁也不敢言语。尚食监高怯在刘恒身边伺候着，递茶送水，殷勤备至。过了一会儿，薄姬放下碗筷说道："恒儿，我知道你忧虑朝中大事，心情烦躁，可是你也要注意身体呀！"

刘恒默然不语，神情呆呆地吃着碗中饭菜。

窦姬也轻声说："大王，万事往好里想，心里也就畅快了。"

刘恒看她一眼，依然不语。

整个早饭在这种氛围中悄悄结束了。高怯拭去额上汗珠，对小环说道："伺候大王这么多年，还是第一次见大王这个样子呢！是不是我做的饭菜不合大王口味了？"

小环拽转高怯衣襟，低声说："大王什么时候挑剔过饭菜？与这没有关系，听说是朝廷大事……"

"朝廷大事？"高怯咕哝一句，转身收拾饭菜去了。

"朝廷大事"很快传遍晋阳上下，代地官员听说了吕后残害刘氏的各种传闻，大家议论纷纷，惶惑终日，有人说："吕后谋害刘氏，恐怕要篡夺政权了。"有人说："政权不是在吕后手里吗？她还用篡夺？"也有人说："吕后担心高祖的儿子们长大了对她不利，所以先下手为强！""有道理。""有道理。"

众人议论之时，目光集中到一个人的身上——代王刘恒。

刘恒已经二十岁了，治理代地多年，颇有成就，仁孝有名，吕后不会不注意他吧？若说吕后歼灭皇裔，是为了吕氏夺取政权，那么刘恒恐怕也在劫难逃了。

事情就是这样，怕什么来什么。晋阳官吏担心的事情来到了，吕后传旨，令刘恒火速进京去赵国，让刘恒去做那个厄运不断、灾难连连的赵王。

接到诏令，刘恒笑笑说："是自己的总也跑不了。"看来他是怀着一颗必死的心准备去就任赵王了。窦姬听说刘恒要去赵国，本能地高兴了一下，因为回到赵国，就有可能见到兄弟亲人了，这是一个巨大的诱惑。

薄姬听说后，先是吃惊，随后镇定下来，她迷信相术，赶紧派人去请相士。

再说晋阳大臣们，看到预料之中的事情发生了，担忧之外又多了份恐惧，这可怎么办？吕后的旨意谁敢违抗！

刘恒脱险

赵国紧邻长安,战国时著名的霸主之一,地理位置好,人口众多,地大物博,比起代地来,要富足强盛许多。这个地方,高祖首先就把它封给了自己宠爱的刘如意,后来几易其主,这块风水宝地竟然成了灾难的象征,刘氏子嗣的断头台。

刘恒手捧诏令,徘徊在王府内,就是这样的一道道诏令将诸多兄弟送上了断头台,自己奉命前往,很可能也是这个结果,怎么办?奉诏前往还是抗拒皇命?

薄姬占卜完毕,急忙来找刘恒,她说:"你可千万别去,去了很危险啊!"

窦姬也明白过来,赵国危机重重,不能因为自己的私情就让大王面临危险,她也说:"赵国虽然富有,却有危险,大王三思而后行。"

晋阳官员们都来到王府,与刘恒商讨这件事情。

贾谊说:"听说赵国富有天下,大王去任职,就等于提升了。"

张武说:"哪里有想的那么美好?几任赵王怎么死的?大家忘了吗?"

薄昭说:"忘是没有忘,可是我们现在该怎么办?去还是不去?"

宋昌摇头说道:"无论如何也不能去赵国,太危险了。"

薄昭说:"不去就是违抗旨意,不也是死罪吗?"

"得想个办法,想个办法。"众人议论着,脑子里不停地转动着,希望找到一条脱离陷阱的道路。

面对家人和众臣的纷纷议论,刘恒的心里渐渐平静下来,他明白,与其白白送死,不如等待时机,再做打算。

刘恒想好了之后，对众人说："我倒有个办法，不知道你们认为可行不可行。"

"什么办法？""什么办法？"众人焦急地问。

"道家说'无为而无不为'，我上奏皇太后，就说我守护代地多年，习惯了这里的生活，不愿意去外地为王了。"

"皇太后怪罪怎么办？""她若不同意怎么办？"

刘恒这会儿心里轻松许多，他笑着说："大家忘了上次抗击匈奴的事了？你们还记得挑起事端的原因吗？皇太后惧怕匈奴，如果我走了，谁来代地戍守边关呢？"

众臣认为这是一个棋子，一致同意禀明皇太后，代地不能没有刘恒，这样的话，皇太后也许不会强迫刘恒做赵王了。

众人意见统一后，刘恒亲提墨笔，给吕后写信陈述自己在代地的所作所为，以及下一步的打算，最后表明，愿意为嫡母皇太后守卫代地，不怕苦，不怕累，请皇太后允许。然后派使臣进京送信，同时嘱托这个人去见丞相陈平等人。

使臣不辱使命，到京后递交上刘恒的奏章，吕后看了半日，叹道："我以前就知道刘恒仁孝，多年不见，他长大成人了，还是一样孝敬宽厚。"想起当日冒顿写信侮辱自己，刘恒驻守北地，威服匈奴，为自己出了口气，值得奖励。他现在愿意继续戍守代地，就成全他吧！估计他在那个天高皇帝远的地方也不会威胁到自己。吕后这么想的时候，眼前出现薄姬那张消瘦的脸庞。

使臣按照刘恒的吩咐，去见陈平等人，言说代地情况及皇太后欲迁刘恒为赵王。陈平是高祖旧臣，眼见刘氏子嗣被害，也是心中忧愤。他足智多谋，知道时下无法与吕后抗衡，就想出了个办法，他告诉使臣，让他回去转告刘恒，安心在代地为王，朝中事情由他处理。

原来陈平素知吕后个性，知道她重用吕氏，大肆封吕氏为王，就趁机进言说："赵国紧邻长安，是长安北边的门户，位置重要，太后您一定要派得力的人去做国王，免得引来灾难。"

吕后觉得非常对，就说："那么你看谁去合适呢？"

陈平不慌不忙地说："武信侯吕禄位列上侯，派在第一，应该让他去做赵王。"

此语正中吕后心意，她急忙下诏，任命吕禄做了赵王。

由此，刘恒远离了赵王的危险境地，也因此躲避了杀害，可见刘恒不乏谋略，关键时刻也不慌乱，有气概。

倒是那个一心想着称王的吕禄，没有摆脱赵王这个厄运代名词对他的诅咒，他也和其他各任赵王一样，死于非命。他被封为赵王一年多，吕后就去世了，各地诸侯和朝中大臣们讨伐吕氏，吕禄也遭到杀戮。

陈平像

第十章

周勃灭吕氏，刘恒继大统

　　公元前 180 年，吕后去世，汉室究竟何去何从？刘吕两家针对皇位展开怎样的争夺？齐王刘襄发兵讨吕，引起天下震惊；元老功臣不甘落后，周勃、陈平密谋除吕，风云再起；刘恒接到讨吕檄文，会采取什么对策呢？民心所向，诸吕走向穷途末路，刘氏子孙何人担当重振父业的重任？刘恒以仁贤博得众臣一致认同，成为新的皇位继承人选，可是，功臣当朝，他年少力薄，敢轻易回朝继位吗？汉室危难，刘恒究竟如何做才能力挽狂澜，拯救大汉于危难？

第一节 吕后去世

勇敢的刘章

吕后不断灭除高祖刘邦的几个儿子，引起刘氏皇族不满。齐王刘肥含恨去世后，他的大儿子刘襄继位，为齐王。刘肥一共有三个儿子，二儿子名叫刘章，三儿子名叫刘兴居。刘章在吕后称制后，进京侍驾。吕后为了改善和维护刘吕两家的关系，曾经把吕氏诸女分别嫁给刘氏子孙，希望两家凭借婚姻关系，维持各自的地位，消除彼此的仇恨。刘友和刘恢就因为与吕氏妻子不合，而先后惨遭杀害。如今吕后见刘章英武洒脱，豪爽义气，又把吕禄的女儿嫁给了刘章，并且封他为朱虚侯，希望借此能够控制和利用他。

刘章对吕氏把持朝纲早有不满，他心怀愤恨，却无计可施，经常仰天长叹，感慨江山社稷落入外人手中。

刘章性格刚毅，勇猛果断，吕后倒也欣赏他，见他与吕禄的女儿相处甚欢，更加喜欢他，经常命他去宫中侍奉左右。一日，吕后举办家宴，宴请吕家亲人和刘氏幸存的子弟。酒宴上，吕后说："刘章，你年轻勇猛，就做监酒官吧！"让他负责酒宴之上人们的行动。

刘章领命说道："我是皇门后裔，将军之才，让我监酒，请允许我以军法行酒。"

吕后笑道:"好啊!"

酒席上,山珍海味,琳琅满目,杯盘交迭,数不胜数,服侍的宫女、太监们穿梭其间,忙碌不已,众人你饮我笑,觥筹交错,酒酣人醉,酒意渐浓。刘章起身来到吕后跟前说道:"太后,请允许我舞剑为您助助酒兴。"说罢,他拔出佩剑,转身舞剑,只间他舞姿豪迈,剑法精湛,剑光笼罩全身,剑气冲天而起。

刘章舞剑,赢得众人喝彩,他又趁酒意说道:"请太后听我唱种田歌。"

按辈分算,刘章是吕后的孙子,吕后听他要唱种田歌,不以为然,笑道:"呵呵,说起来,你父亲还知道耕田种地之事,他小的时候,还跟随高祖去过田地。可是你们,生在帝王之家,生下来就是王子皇孙,哪里知道田间事情?"吕后刚嫁给高祖刘邦的时候,刘家是沛县普通农民,刘邦的父亲善于耕种劳作,农活样样拿手在行,那时,吕后曾经带着孩子在田里干过农活,刘肥是刘邦的长子,小时候也是在农村长大的。

刘章说:"太后可知叔父刘恒在代地亲耕垄亩,种田过日子?我也一样,非常熟悉田间事。"

吕后见刘章坚持己见,就说:"那好,你说说看,说对了我就不罚你。"

刘章舞剑高歌:"深耕概种,立苗欲疏,非其种者,除而去之。"地要耕得深,种要播得稠密,如果想让禾苗长得苗壮,就要适当间苗,间苗时,看到不是自己播下的种子,就要坚决拔出,不能留下后患。

刘章明指种田,暗指吕后灭除刘氏后裔,提拔封赏吕氏之事。

吕后默然不语。众人也都大吃一惊。

过了一会儿，在座的一个姓吕的人，喝醉了酒，起身离席而去。刘章是监酒官，没有他的允许，其他人是不得随便逃离酒席的。他急忙追出去，赶上喝醉酒的人，剑起头落，将那个人当场杀了。

刘章擦擦剑上的血痕，转身回到筵席上，他上奏太后说："刚才有人逃离酒席，按照军法，这是临阵逃脱之罪，我把他杀了。"

吕后及在座众人惊愕万分。吕后已经同意刘章以军法监酒，现在他按军法行事，也不算错，不能处罚他，只好默默不作声。从此，吕氏诸人忌惮刘章，不敢轻易得罪他。朝廷中偏向刘氏的大臣开始依附刘章，他在朝中逐渐有了一定的势力。

吕后最后的交代

公元前 180 年，吕后称制第八年，三月的时候，她在宫内祭祀神灵，突然感觉有一只白毛小狗从胳膊底下仓皇窜过，吕后吃了一惊，赶紧命人四处寻找，可是什么也没有发现。吕后请人占卜，占卜者说，这是刘如意作祟，吓唬太后。太后闻言，心生惊惧，寝食难安，怀疑真是刘如意母子欲来寻仇。刘如意母子被吕后残害致死，这件事情世人皆知，而且许多人都同情可怜他们母子。

吕后惊吓之余，感觉胳膊底下总是疼痛，竟然病倒了。因此，她更加确信，是刘如意母子报仇所为，心情日渐消沉。回想自己一生，为争权夺势，杀人无数，尤其是刘氏子孙，几近灭绝，冤魂野鬼，遍布宫阙，宿怨新仇，郁结阴阳。看来冤冤相报，已经来到眼前。吕后越想越怕,胆战心惊,神思恍惚。

吕后年老体衰,病倒之后,一日不如一日,病得越来越重,到这年的七月中旬,她觉得自己气数将近,难以渡过难关,于是召集吕家族人,安排后事。

此时,吕产是吕王,吕禄是新任赵王,都在长安城内居住。吕产为人有谋略,城府较深,他见吕后病重,日夜服侍左右,深得太后欢心。

这是一个炎热的午后,吕后躺在病榻上,呼吸微弱,有气无力。疾病已把她折磨得骨瘦如柴,面无血色。高大的寝宫,窗帘低垂,遮蔽着火辣辣的阳光,更显出深宫的阴森和冷清。两个丫鬟跪在吕后的身旁,为她扇着微弱的凉风。吕产和吕禄跪在病榻不远处,神情紧张,一言不发,静静地等待吕后的垂训。

吕后转过头,面对着吕产和吕禄,一阵咳嗽之后,用微弱声音说:"高帝平定天下后,曾与诸位大臣,盟誓相约:'非刘氏而王,天下共击之。'现在我们吕氏很多人被封为王,大臣们都愤愤不平,心有怨言。我死后,皇帝年少,大臣们恐怕会发动政变。所以你们一定要带领军队保卫皇宫,不要急着为我出殡发丧,不要离开皇宫为我送丧,不要被别人挟制。"说完,闭目垂头,一命归天。

吕产、吕禄顾不得痛哭哀嚎,急忙商议如何应对吕后殡天后即将面临的时局。他们一面封锁吕后死亡的消息,一面由吕禄带兵守卫皇宫,由吕产处理朝廷的事务。当他们觉得一切安排妥当后,才向外界宣布吕后去世的消息。

吕产当朝宣布了吕后的遗诏,遗诏赐给各诸侯王,每人一千金,将相、列侯、郎吏都根据爵位的高低、官职的大小,按照等级赐给一定数量的黄金,并大赦天下,免罪减刑。遗诏还封吕王吕产为相国,封吕禄的二女儿为帝后,总理朝廷事务。

吕后入葬后,朝廷任命左丞相审食其为皇帝的太傅,教导少帝完成庞杂的学业。

就这样,一个擅权窃国、不可一世的女人走完了她风风雨雨的人生之路。令她始料未及的是,正是她的篡权干政,把文帝刘恒推向了皇权的历史舞台,成就了一代帝王的千秋大业。

而此时,远在代地的刘恒,心存忧虑。吕后既死,天下必乱,谁能挺身而出,力挽狂澜,消灭吕氏残余,还我汉室刘氏江山?他抬头望着遥远的京都长安,眼里布满了阴云。大风起兮云飞扬,力扫阴霾兮归故乡! 是我刘恒报效国家、匡扶汉室的时候了。他收拾行装,准备返回长安,欲以吕后送葬为名,观察朝廷时局,以静制动,等待时机。

第二节　拉开讨吕序幕

齐王发兵

　　吕后去世,吕产、吕禄总理朝政,把持汉室江山,他们思虑,天下是刘家的,刘氏和高祖时的功臣早就对我们不满,如此下去,恐怕生变,不如先下手为强,聚兵控制朝中局势。

　　吕产、吕禄聚兵长安,意图自保,也想威慑群臣,镇服天下。他们的举动惹恼了一个人,他就是朱虚侯刘章,他想,天下本来是我家的,你们擅权夺政,意欲谋反,这还了得?他派人赶回齐国,与哥哥齐王刘襄商议,发兵讨贼,夺回刘氏江山,立刘襄为帝。

　　齐国屡次遭受吕氏侮辱,先后两次割让土地给吕氏,先王刘肥郁闷而死,这些事情早就深深刺激着刘章兄弟,他们见时机到了,立即密谋起兵夺权。

　　齐王刘襄接到刘章的密报,赶紧行动,组织兵马意欲起事。

　　刘襄与舅舅驷钧、郎中令祝午、中尉魏勃秘密商议起兵事宜,不料此事被齐相召平得知。召平是吕后的心腹,忠实于吕氏集团,他听说齐王打算讨伐吕氏,急忙调集军队围住齐王府。王府被围,刘襄困在其内,危险近在眼前,不知道何以脱身。

　　中尉魏勃为人机警,他得知此消息后,悄悄找到召平,说道:

"没有汉虎符调集军队，大王就想发兵，肯定是图谋不轨，现在丞相围困王府，非常正确。我愿意为丞相包围王府。"召平相信了他，让魏勃带领兵马包围齐王府。

魏勃见召平中计，他拿到兵权，立即领兵将相府团团围住。召平这才知道真相，他长叹一声："哎，道家说过'当断不断，反受其乱'，真是如此啊！"无奈之下，自杀身亡。

齐王刘襄得救，他任命舅舅驷钧为相，魏勃为将军，祝午为内史，召集全国兵马，准备西进，讨伐吕氏。

齐国东面还有一个小国，名叫琅琊国，国王是高祖的侄子刘泽。刘襄欲起兵西进，担心自己势单力薄，兵马不足，又想出一个主意，他派祝午出使琅琊国，游说刘泽。

祝午见到刘泽，说了下面一番话："吕氏意欲谋逆作乱，齐王准备出兵讨伐，诛灭吕氏。齐王自知年幼，辈分低，自视为您的儿子，不懂得出兵打仗的事情，愿意把齐国大计委托给大王您。您自幼跟随高祖，征伐天下，大将之才，希望您鼎力相助。齐国情况紧急，齐王不敢轻易离兵，所以让我来请您去国度临淄议事，并且希望您带兵西进平定关中之乱。"

琅琊王刘泽听信祝午的话，急忙骑马飞速赶往临淄，见齐王刘襄共商大计。刘襄见刘泽中计前来，命人将他扣留，让祝午统领琅琊国内兵马一起西进。刘襄未出兵先诓骗伯父刘泽，用计诈取他的国土、兵马，这一点多少可见其人的为人多诈，少恩暴戾。

刘泽见刘襄并非诚心邀请自己相助，还强占自己的兵马，扣留自己，心中反感，可是身在齐地，无法回国调动兵马，怎么办呢？

刘泽知道刘襄野心勃勃,意欲藉灭吕氏之际,夺取皇位,称帝长安。他担心夜长梦多,一旦有变,恐怕刘襄会对自己下杀手,情急之下,想出一个脱身之计。

刘泽去见刘襄,说道:"您父亲是高祖的长子,这样推论起来,您就是高祖的长孙,长孙继承祖业,是合情合理的事情,您应该立为帝。如今兵进长安,平定吕氏后,谁来继承大业?恐怕朝中大臣们还在狐疑不定,我在刘氏之中年龄最大,他们一定等我一起决计。您把我留在齐地,有什么用处?还不如派我去长安与众臣商议大事呢!"

此话正中刘襄心意,他立刻准备车马行装,欢欢喜喜送刘泽去长安。

刘襄送走刘泽,开始了征伐战斗。他首先攻下邻近的吕国,然后一路西进,浩浩荡荡直奔长安而来。

两军对峙

吕产、吕禄听说齐王造反,商量后决定命灌婴为大将军,领兵平定叛逆。灌婴是高祖时的旧臣,跟随高祖时,年仅十五岁,是最年幼的武将。灌婴早就对吕氏不满,他掌握兵权后,带兵东进,赶到荥阳时,下令停止前进,驻扎在此。他跟手下谋臣商议,诸吕擅权,聚兵长安,意欲不轨,危及刘氏,我们出兵讨伐齐王,如果将齐王打败,是帮助了吕氏,危害了刘氏江山。身为高祖旧臣,高祖斩白蛇、起义兵,威服四海,平定天下,百姓无不臣服称颂,英雄豪杰敬仰归心,江山一统,社稷安定,功高盖世,光耀九州,其功劳业绩可是他人能够遮蔽的吗?吕氏篡权不得人心,匡扶汉室只在今朝。高祖有恩于我等臣子,今国家有难,正是我们报高祖厚德,还江山于刘氏宗族的大好时机。

众将无不相应,纷纷赞同灌婴的决定,一致表示拥戴刘氏,歼灭诸吕,恢复汉室正统。

大军驻扎在荥阳不再前进,灌婴秘密派使者前往齐王营帐及各地诸侯,言说诸将决心灭吕扶刘,请诸王等待时机,联合发兵一举歼灭吕氏。

使者来到齐王营帐,把灌婴及诸将的意思传达给齐王刘襄。刘襄听说后,召集谋臣武将商量对策,众人都说,灌婴是高祖旧臣,跟随高祖南征北战,立下不少战功,他对高祖忠心耿耿,估计不会有诈。刘襄思虑,自己的势力单薄,如果轻取冒进,也难有突破,恰好灌婴与自己联合,正是机会。他命军队停止前进,驻扎在齐国西界,等待各路诸侯发兵,一起攻打长安,灭吕兴汉。

于是两军遥遥对峙,按兵不动。

各路使者快马加鞭分赴全国各地,暗地联合诸侯共同出兵伐吕。这天,刘恒正在府内与众臣商议国事。自从吕后去世,刘恒日夜担忧,他本来以为可以回朝参与吕后丧事,趁机接触朝臣和各地诸侯,无奈朝廷有令,为防有变,各地诸侯镇守属国,不得入京。刘恒没有回京,待在晋阳府中,天天与大臣们商量如何应对朝廷变故。近日来,他听说齐王发兵,朝廷派灌婴领兵对抗,究竟事态进展如何,他只能天天派兵外出打探。

刘恒正与大臣议事,忽然侍卫匆匆来报,灌婴派使者来了。

刘恒急忙单独召见灌婴派来的使者,使者把灌婴与诸将的决定跟刘恒仔细汇报。刘恒听罢,非常高兴,他自语道:"灌婴国之重臣,危难之际做出这样的决定,力挽狂澜,太好了。"

刘恒安排使者休息,然后召见宋昌、张武等人,言说战事情况。宋昌说:"大王应该做好准备,组织军队等待时机出兵。"

张武疑虑道:"代地地处偏远,平时朝廷很少关注我们,灌婴突然派使者联合我等,不知道真伪啊!"

刘恒说:"吕氏专权已经很久了,刘氏子弟多人惨遭杀害,兄弟情深,眼看众位兄弟被害,我却无力相救,深感难过,现在齐王发兵,灌婴投诚,我还有什么理由不出兵相助呢?"说着,他眼中泪水盈盈,泣不成声。

众臣无不感动,低头不语。

过了一会儿,薄昭开口道:"只是担心大王安危。"

"我的安危算得了什么? 刘氏江山不保,哪里还有我的安危? 只是一旦发生战事,必将连累天下百姓,遭受战争杀戮蹂躏。"

宋昌说:"大王仁慈宽厚,始终以天下为己念,真是百姓苍生之福啊!"

接着刘恒分析朝廷与战事的情况,他决定:"战事在即,大家赶紧分头准备,操练兵马,广集粮草;传令边关郡守,严守驻地,防备匈奴趁机入侵。"

刘恒和众臣充分应战,只等待时机成熟,约合诸侯,出兵伐吕。

第三节 周勃灭吕

郦寄卖友

吕氏派灌婴伐齐,灌婴于荥阳按兵不动与齐王对峙,引起朝中群臣哗然,吕产、吕禄更是惊恐不已,他们担心灌婴与齐王联合反攻长安,而且外有各地诸侯,内有刘章、周勃、陈平等人,如果他们遥相呼应,里应外合,那么长安就危险了。吕产和吕禄密谋后,打算采取对策,提前下手,控制长安。于是他们亲自把持长安南北两路军,严防死守。

果然不出所料,右丞相陈平与太尉周勃秘密商议,吕氏不得人心,世人都想除掉他。现在灌婴带兵与诸侯联合,估计不日就会返回长安,灭除吕氏。你我都是高祖旧臣,当日吕后封诸吕,王陵坚决反对,我们假装同意,也是为了保全社稷,安定刘氏后人,现在机会来了,我们不能坐失良机,应该内中行事,与灌婴等人里应外合,灭吕扶刘。

当时,长安兵权都在吕产、吕禄手中,周勃虽然是太尉,却无权调集兵马。陈平、周勃都久经沙场,懂得要想夺权,必须先控制军队。他们想来想去,想出一个主意,吕禄有一个朋友名叫郦寄,他是曲周侯郦商的儿子,郦寄与吕禄关系交好,非同一般。陈平说,要想夺取兵权,必须从此人下手。

陈平、周勃派人劫持郦商，威胁郦寄，让他去游说吕禄。

郦寄没有办法，只好去见吕禄，对他说："高祖和吕太后共同平定天下，天下归两人共有。高祖时，册封了九位诸侯王，吕太后册立了三位，都是经过大臣们商量同意，然后正式册封的，并且通告诸侯各国，他们也都认为合适，没有什么异议。吕氏诸王的地位也是合法的。"

吕禄叹气说："太后驾崩，皇帝年幼，他们起兵叛乱，声称诛伐非刘姓而封王的人。这不是明摆着针对吕氏吗？"

郦寄劝慰说："我不是为你分析了吗？吕氏王也是合法的，大臣和诸侯也清楚，他们不是因为这才兴兵讨伐，你知道他们担心什么吗？"

几天来，吕禄忧心忡忡，眼见形势对自己越来越不利，他也不知道能死守到什么时候，一旦诸侯谋反，灌婴带大军反扑，吕氏还能保存多久？听到这里，吕禄急忙问："你认为是因为什么？"

周勃

郦寄按照陈平对他的交代，故作神秘地说："您佩带赵王印，属国在赵地，却不去赵国做诸侯王，反而留在长安，官拜大将军，领兵驻守长安，这才是诸侯大臣们担心的。为今之计，您应该交出将印，让太尉周勃带领军队，吕相国交出相印，如此一来，您和吕相国各回属国，诸侯大臣们得到安宁，还有什么可说的呢？足下高枕无忧，于千里之外称王为侯，这可是万世基业，有利子孙后代的事情啊！"

吕禄不知是计，相信了他的话，想归还将印，把兵马归还给太尉。吕禄又派人把这件事报告给了吕产和吕家的各位老人，有的说可以，有的认为不可以，大家犹豫不决，一直未能做出决断。吕禄非常信任郦寄，经常与他一起打猎出游。有一次他们打猎的时候路过吕禄的姑姑吕媭的家门，吕禄就去拜访他姑姑吕媭，征求她对这件事的意见。吕媭一听勃然大怒，说："你是大将军，如果你交出军权，没有了军队保护，吕氏将死无葬身之地啊！"说完，就把所有的金银珠宝、玉器古董发给家中奴仆下人，说："我不为他人保护这些东西了。"可见，吕媭对此事看得非常清楚、明白，知道吕氏家族大势将去，也预告了吕氏家族灭亡的必然。

长安内外风声日益紧迫，一天，郎中令贾寿出使齐国归来，他告诉吕产，灌婴已经与齐王暗地里联合，准备发动诸侯，共同伐吕，情况非常危急。他说："大王您不早去封地，现在想去，还能去成吗？"

吕产听到此，急忙转身入宫，打算挟持皇帝，统治群臣。

陈平、周勃趁机令郦寄再次游说吕禄，郦寄带着周勃的家人刘揭去见吕禄，他说："灌婴已经与齐王联合，正率兵反扑长安，陛下命令太尉周勃掌管北军，让你速速赶往赵国。你赶快到属国去吧！你交出将印，赶紧离开吧！要不然，灾难临头了。"

吕禄素来相信郦寄，以兄长对待他，觉得他不会欺骗自己，匆忙解下将印，交给刘揭，打算逃往赵国躲避风头，逃脱灾难。

周勃测军心

长安南北两军分别由吕产和吕禄负责,吕太后临死之时,曾经做过严密交代,让他两人一定要掌握南北二军,方可确保吕氏安全。哪里想到吕禄听信郦寄之言,轻易交出了北军兵权。

吕禄交出兵权,将将印奉还周勃。周勃和陈平见计谋成功,立即采取下一步行动,随即带将印去北军调集兵马。

周勃不敢大意,手捧将印,骑快马带少数随从直奔长安北军。

秋风乍起,风声瑟瑟,长安城上空,太阳半明半暗,一片片乌云飘来荡去,遮挡着湛蓝的天空,一排排南飞的大雁,展翅高飞,飞向遥不可及的南方。周勃骑马跑在路上,马蹄声急急,他心中焦虑,北军就在长安城北部驻防,前几天自己曾经去调集过兵马,可是守卫不让自己进去,他们军纪严明,守卫说没有符节任何人不能调集兵马。周勃虽然身为太尉,掌管国家兵事,可是当时兵权被夺,哪有什么符节?无奈,他只得退回来,与陈平商议,才想出派郦寄游说吕禄的计谋。现在计谋成功,将印在握,能调动北军吗?

周勃是沛县人,与高祖同乡,他家境贫寒,为人吹丧乐得以谋生。高祖起事,年幼的他跟随高祖造反,攻城略地,奋勇杀敌,出生入死,屡立战功。高祖十分欣赏他,先后多次拜他为将军,并且封他为绛侯。高祖与他一起平定代地叛乱和匈奴入侵,提拔他做了太尉。高祖临终时,曾经对吕太后说,周勃为人重厚少文,日后安刘氏者必是周勃。

没有想到,十六年后,周勃果然挑起重任,独往北军夺兵安刘氏。周勃一路疾驰,身后随从紧紧追赶,一行人马过处,尘土飞扬,路人躲闪。人们望着飞驰而过的周勃,指点着议论:"这不是太尉吗? 他快马飞奔有什么战事吗?""听说齐王举义兵了,要攻打长安,又要打仗了。""又要打仗了? 赶紧回家收拾行囊包裹准备逃难吧!""朝廷是刘家的,恐怕吕氏难保了。"

　　周勃没有在意路人的议论,他狂奔着,想着自己的心事,长安有南北二军,夺取北路兵权,还有南路在吕产手里,所以必须趁吕产知道自己拿到将印之前,就要收复北军。如果顺利收复北军,免不了要与南军一场厮杀了。长安城内厮杀,究竟要采取什么具体的战术呢? 还有,如果北军不听从自己的命令,应该怎么办呢?

　　人马来到北军营前,周勃亮出将印,高声呵斥守卫开门迎接。守卫是吕禄的心腹,早就得到命令,坚守北军,任何人不得随意出入军营,调动部队。他出门见又是周勃,不屑地说道:"吕将军有令,任何人不得擅自调动兵马。"

　　周勃冷笑几声,喝道:"你看这是什么。"说着把将印递到守卫眼前。守卫看到将印,大吃一惊,慌忙问道:"这是怎么回事?"

　　周勃说:"灌婴与齐王联合谋反,我奉帝命,率领北军保卫长安,不服从者,格杀勿论。"

　　守卫心有不甘,可是将印在此,还能怎么办? 他一面请周勃进营帐,一面秘密派人回去请示吕禄。他派人报信,早被周勃的随从发现,随从刀起头落,准备送信的人一命呜呼。

　　周勃走进大营,命令将官们擂鼓升帐,集合士兵,听从调遣,准备出兵。他看到兵马精壮,粮草充沛,心下思虑,这队兵马素来归吕禄掌管,不知道他们对待朝廷变故会是个什么态度。如果他们死心塌地地服从吕氏,我把他们带出去,他们也不会击吕扶刘,这可怎么办? 还有,一旦与南军交战,两路兵马全是汉军服装,到时候怎么分得清你我? 混战之中怎么夺取胜利? 周勃虽然不爱读书,没有多少知识,但他久经沙场,见多识广,颇懂兵法,虑事周全,想到这些问题,也不禁沉吟不决。

不愧虎将雄风,周勃望望营地上黑压压一片将士,想起当年征战沙场,冲锋陷阵的时刻,这些将士里面,一定也有跟随自己打过仗的人。激动之下,他忽然想起办法,开口说道:"跟你们实话实说吧! 现在吕氏想夺取刘氏政权,你们看怎么办?"

此话一出,全军哗然,营地上一片喧哗骚扰之声,守卫也愣在那里。

周勃接着说:"拥刘、拥吕,你们自己做主,愿意拥护刘氏的,露出左胳膊,愿意拥护吕氏的,露出右胳膊。"

将士们听此,仿佛接到命令一样,放下手中武器,迅速褪下左臂衣袖,露出左胳膊,整个营地上,几万人赫然露出左胳膊,整齐划一,无一例外。

周勃见此,心中放心,知道将士们都拥护刘氏,因此,周勃接管北军,掌握长安城一半的兵力,他急忙派人去见陈平,商量下一步的打算。

刘章诛杀吕产

再说陈平,趁周勃接管北军之际,他急忙去见朱虚侯刘章,告诉他周勃拿到将印,去北军了,让他去辅佐周勃。刘章等待今日已经很久了,听说周勃得将印,他火速赶往北军,听候调遣。

刘章赶到时,周勃已经顺利接管北军,他命令刘章把守北军,不得擅自行动。然后他命人急告平阳侯,守卫宫门,千万不要放吕产进宫。

吕产还不知道吕禄交出将印，周勃顺利接管北军。他在家坐卧不宁，深思苦虑，一会儿想着，逃回封地也许能自保，一会儿想着，调动南北军足可以抵御强兵压境，一会儿又想，皇帝在我手中，谅他们也不敢轻举妄动。各种想法积聚心中，让他焦虑万分，难以决断。上午听贾寿说灌婴反叛时，他已经准备去宫中劫持皇帝了，可是走到半路，他又回来了。如果劫持皇帝不正给造反的人以口实吗？他们会说吕产进宫谋反，罪该诛灭，这可如何是好？所以他匆匆赶回家中。

这时，吕产仿佛端坐在火炉之上，燎燎火焰烧得他遍体通红，何以渡过这危险时刻，在他看来似乎是水中望月，遥不可及，伸手去捞，能抓得住吗？

吕产从上午一直徘徊到下午，日头已经挂到西边天空，还是那么半明半暗的，空中的阴云越来越浓，渐渐地，快要看不见太阳的身影了。秋天多晴朗，难得有阴霾天气，不知为什么今天却一直阴沉沉的。

天色暗淡下来，屋子里走来走去的吕产以为天黑了，猛一激灵，他转身喊道："备车，进宫。"

吕产带领随从走出府门，想了想，命令身边一个随从："调集府中侍卫兵马三百人，护卫进宫。"

他的府内平时有上千人守护，今天他命令三百人随自己进宫面君。意欲何为，就连他自己也没有想清楚。

他带领随从兵马赶到未央宫外，吕产招招手，兵马停下来，分列宫门两旁。他站在宫门外，踱步思索，究竟该怎么办呢？

平阳侯得到周勃命令，守卫未央宫安全，阻止吕产进宫。这时，他见吕产带兵来到宫外，惊恐万分，忐忑不安，急忙派人去北军见周勃，言说宫外紧急情况。

周勃正在北军与众将商量如何讨伐吕产，听人来报，沉默不语，他知道，吕产掌管南军，兵多将广，势力强大，多年来，吕产在朝廷中，依靠吕后，拉拢亲信，广植党羽，树立威望，有很大的势力。周勃想，我刚刚接管北军，真的与吕产开战，胜负难料。

周勃考虑多时，命令刘章急速进宫护驾，确保皇帝安全。刘章得到军令，请求说："请太尉给我兵马，保卫陛下。"周勃于是拨给他一千人随同他进宫护驾。

刘章带领兵马赶到未央宫外，正巧吕产进入宫门，站在宫院当中。刘章下马进宫，趁其不备，拔剑朝吕产乱砍，吕产大惊，急忙逃走。

就在这时，忽然大风骤起，似从天上来，又像地边生，风卷尘埃迷人目，剑光流影夺魂魄。吕产抱头鼠窜，刘章奋不顾身追赶。跟随吕产的随从侍卫被大风刮得晕头转向，搞不清东西南北，他们又疑惑宫中突起大风，恐怕高祖显灵，不敢轻易出击。吕产四处乱躲，藏到了宫中厕所之内，刘章年轻气盛，一鼓作气追上来，不由分说，举剑将吕产砍杀了。

吕产既死，宫内安定下来，后少帝派人嘉奖刘章。刘章看使臣手持节信，上前去抢夺。节信是皇帝钦赐之物，使臣哪敢轻易送给他人？他见刘章抢夺节信，转身就跑。刘章不肯放过他，紧追几步，挥剑将使臣斩杀了。使臣无辜被杀，鲜血喷然四射，他怒视刘章，满脸怨愤，摇晃几下，倒地而亡。

宫中诸人见刘章手起剑落，眨眼晴间将使臣杀死，都吓得目瞪口呆，心惊肉跳，整个未央宫内寂然无声，无人敢语。刘章却没当回事，他擦擦宝剑上的血迹，走出宫门，带领兵马疾驰入北军，见周勃向他叙述事情的前后经过。

刘章兄弟早有废帝自立之心，当然不把皇帝放在眼里，他们起兵诛吕，也是为了日后称帝，所以他毫不迟疑抢夺节信，滥杀无辜。从这一点看出，刘章为人勇猛却暴虐，有威而寡恩，缺乏仁德之心，喜好尚武杀戮。

周勃得知吕产被杀，起身说道："将军单人手刃吕产，真英雄气概。我们惧怕的只有吕产，现在他被诛杀，天下安定了。"随后，他安排将士们抓捕吕氏族人，将他们全部关押囚杀。吕禄被斩，吕媭则被棍棒打死。吕氏无论男女老幼，无一幸免，全被诛杀，吕氏灭亡。

第四节　迎立代王刘恒

欲立新帝

吕氏已灭,周勃派刘章亲往齐国送信,告诉齐王诛吕经过,让他退兵还齐,又派使者去荥阳,通告灌婴罢兵回朝。

朝中大臣们见吕氏被除,纷纷议论,打算罢免吕氏拥立的幼帝,更立新主,归还江山于刘氏。当今在位的这个后少帝,是吕后亲自扶植起来的,他如何登基继承帝业,还得从当年惠帝刘盈去世,吕后称制说起。

吕后让自己的外孙女张嫣嫁给了惠帝刘盈,舅甥两人非常苦恼,婚后并没有真正的夫妻生活。吕后眼看惠帝刘盈日渐病重,而张嫣始终没有身孕,心中焦急,生了一计,她让张嫣假装怀孕,等到十月分娩期到,抱养了后宫普通姬妾生的一个婴儿,充当张嫣亲生的儿子,把这个孩子立为太子。为了防止此事外泄,随即杀死了婴儿的亲生母亲,没有多久,惠帝刘盈去世,太子继位做了皇帝,后世称少帝。

少帝在襁褓之中,吕后便临朝称制,掌管了汉室江山。几年后,少帝懂事了,他无意中听说了自己的身世,十分愤怒,对人说:"太后竟然杀我的生母,我还小,等我长大了,一定报仇雪恨。"这话很快传到吕后的耳中,她担忧地想,如果他长大了,真的对我不利,不是引起祸乱吗? 于是把他关到了永巷之中,不让他随便出入。皇帝年幼,一直过着锦衣玉食的日子,突然被关押起来,暗无天日,没有几天竟然病倒,奄奄一息了。吕后没有办法,只好召集群臣商议说:"天子应该是为万民操劳受万民爱戴,安定百姓治理天下的人,皇帝体弱多病,眼看快不行了,不能承统大业,看来只好更立新主了。"群臣无不赞同,顿首奉诏。吕后改立惠帝刘盈的次子,常山王刘义做了皇帝,史称后少帝,刘义只有四五岁,依然由吕后称制。

现在,吕后去世,吕氏已灭,他们扶植的皇帝刘弘自然成为众臣关注的焦点。大臣们议论纷纷,有的说:"少帝和后少帝不是惠帝亲生的儿子。当年太后用计,诈取他人的孩子,杀害孩子的母亲,把孩子养在后宫,冒充惠帝亲生嗣子,以此扩大吕氏势力,封王立帝,永葆吕氏富贵而已。"有的说:"诸吕被我等夷灭,皇帝长大了,一定会怪罪我们,到时候我们罪责难逃,不如改立新帝。"其实,大臣们惮于吕后势力已有多年,他们早就想扶植刘氏后裔,继承汉室江山。尤其是高祖时的功臣旧将,诸如周勃、灌婴、陈平等人,他们跟随高祖浴血奋战,平定天下,深受高祖厚恩,看到吕后不听高祖遗言,大封诸吕为王,意欲危害刘氏社稷,心中愤愤不平,今见吕氏已除,自然急于将江山社稷归还刘氏。可是刘氏子嗣众多,应该由谁来继承大业呢?

众臣论帝王

这时,琅琊王刘泽从临淄赶到长安,他是刘氏家族中最年长者,为人忠厚诚实,仁慈大方,深受朝臣尊重。众臣匆忙去见刘泽,与他商量立新帝之事。

众臣说明更立新帝的原因,然后提出各自的看法,有的说:"齐王刘襄是高祖长孙,起兵讨吕,应该立他为帝。"

灌婴却说:"起兵伐吕,表现了他的勇敢,可是他有没有想到,一旦发生战争,必将导致天下大乱,百姓遭殃?诸位想想看,如果单凭齐王的勇气,能抵挡住朝廷重兵,消灭吕氏吗?"灌婴这样说,自然有他的道理,诸吕夷灭时,他曾经派使者召见过齐王的大将军魏勃,魏勃救主有功,被尊为齐国大将军。灌婴责问他:"你们贸然起兵,难道没有想到后果吗?如果抵挡不住朝廷重兵怎么办?如果引起天下大乱怎么办?你们因为一时义气而用兵,我认为是匹夫之勇。"

魏勃只顾撺掇齐王起兵,意图夺取皇位称帝,哪里考虑这么周全,他听灌婴这么说,吓得战战兢兢:"家里失了火,哪里有先跟主人请示再救火的道理!"说完,退到一旁,双腿战栗不已,不敢言语。过了半天,一句话也没有说出来。

灌婴看他如此,就叫他走了,笑着说道:"都说魏勃勇猛,不过是个平庸的人,齐王让他带兵打仗,他能做什么!"

由此来看,齐王刘襄虑事不周全,只凭勇气做事,如果继承帝业,岂不危哉!

刘泽苦笑说道:"刘襄舅舅驷钧乃凶恶残暴之人,要不是我想办法逃出来,现在恐怕被他们害了。现今吕氏外戚祸乱朝廷,差点危害国家社稷,如果再立这样的君主,岂不是旧事重演,重蹈覆辙吗?"众人听了,点头称许,他们记起刚刚未央宫刘章杀使臣一幕,刘襄兄弟确实难以承担重任,统治天下,如果他们主持朝政,必将导致百姓遭殃,国家危难,诚如秦朝,传至二世,就被人推翻了。

刘泽深深哀叹："家族不幸，国家不幸。出现这样的事情，谁能料及呢？高祖本来有八个儿子，死的死，亡的亡，现在只剩下代王刘恒和淮南王刘长了。刘恒为人仁孝宽厚，勤俭好学，治理代地，颇有建树，让一方荒芜败落之地重新焕发生机，不但能够自给自足，还能供应京师等地粮食，而且他在代地为王，十几年来，无怨无悔，勤勤恳恳，抵御匈奴，修好邻邦，才能无限，帝王之相啊！"

灌婴眼前一亮，他想起去代地的使者回来跟他的汇报，说刘恒每日与大臣议论国事，分析战情。他点头说道："代王刘恒虑事稳妥，临危不惧，有英雄气魄。"

众位大臣一听，恰如醍醐灌顶，恍然大悟，他们齐声高呼道："对啊！代王刘恒治理代地很有政绩，他宽和治天下，仁孝闻于世，正是天子气概。"

刘泽接着说："如今，刘恒在高祖幸存的儿子中，年龄最长，继承大业，合情合理，况且他的母亲薄姬温良贤慧，教子有方，她娘家人也是知恩图报、忠诚仁义的人。我认为应该推举刘恒回朝继位。"

众臣无不欢欣鼓舞，把握时间准备，派人去代地迎立刘恒。究竟刘恒有没有回朝呢？他会有什么样的打算呢？

晋阳纷争

刘恒及晋阳城中臣属们也已经听说了朝廷的变故，得知诸吕被除，齐王和灌婴各自罢兵回国。刘恒深深感叹，太好了，不用大动干戈，天下就平定了，这是国家和百姓之幸啊！他同时想到，诸吕夷灭，刘氏江山是否就稳固了呢？刘恒已经二十一岁了,十几年来兢兢业业治理代地,懂得了许多治国安邦的经验,人生经历可谓丰富,他始终认为汉室初定,应该推行"无为无不为"的黄老学说,巩固政权,发展经济。代国和齐国采取这些措施都取得了很大成功,不知道年少的皇帝会怎么做。关于后少帝的身分以及他继位的经过,刘恒也早就有所耳闻,他忧虑之际,见刘襄他们跃跃欲试,顿时感觉汉室将有危难,如果祸起萧墙,岂不危害社稷江山?危及天下百姓苍生?高祖斩白蛇而起义,历尽艰辛打下来的江山难道要被毁掉吗?多个兄弟已经遇难,现在只剩下自己和刘长了,刘长年幼,不懂得国家大事,那么身为幸存的高祖长子,怎么做才能避免社稷遭受危难哪?刘恒日夜苦思,决定回长安,见朝中重臣及各位诸侯,共商社稷大计。

刘恒把想法跟晋阳城臣属们一说,大家意见不一,各种说法都有。有人认为可以,有人认为贸然回去不妥,有人说不如起兵回朝夺取天下。

正在这时,朝廷派来了使臣,说朝中大臣们经过商量,决定请刘恒回朝继承帝位,统治天下。

乍听此,刘恒猛然惊诧,虽然他是高祖的儿子,可是从小他就懂得君臣之道,从来没有篡夺帝位的想法,闻言要自己回朝继

位,惊诧之余,刘恒很快明白了,朝中众臣也是担忧江山危难啊!回朝继承帝位,推行仁政,治理天下,让百姓们过上好日子,让国家富裕强盛,这当然是好事,也能实现自己的理想,可是继承帝位,却是刘恒没有做好准备的。

刘恒急忙召集群臣,询问他们对此事的看法。

郎中令张武上前说道:"朝廷重臣都是高祖时的功臣,他们领兵打仗,勇猛无比,心机奸诈,阅历丰富,并非久居人下之人,这些年来在朝中安分守己,俯首听命,是因为他们畏惧高祖和吕后。现在吕氏被灭,京师喋血,形势不明,人人自危,他们突然命人来请大王,名为立您为帝,实则暗藏杀机,大王千万不可贸然行动,去京师自取灭亡。依我看,大王应该称病不去长安,待在晋阳观察天下变化。"

众人听了,认为张武说的有道理,纷纷说道:"大王,为防万一您还是留在晋阳,这里比较安全,真有变乱,可以坐守晋阳以自保,如果去了长安,发生什么情况可就难以预料了。"

刘恒听到他们的言论,默默不语。

宋昌的谋略

面对众人一致保守胆怯的心理,刘恒觉得非常失望,纵然不谋取帝位,难道就不能为刘氏江山出力献策吗?非要偏居一隅,只求自保,不顾社稷安危?

刘恒默然之际,中尉宋昌想了想,站起来说道:"我认为你们说的都不对。第一,当年秦朝实施暴政,招致天下愤怨,诸侯豪杰起兵四方讨伐暴君。意欲诛灭秦君,夺取天下的人成千上万,数不胜数,谁不想称霸天下?最终登上皇帝宝位的却是刘氏,天

汉高祖墓

下人为此不再幻想皇帝梦。第二,高祖分封刘氏子弟,地势如犬牙相错,相互制约牵动,就像磐石一样牢不可破,天下谁不佩服、畏惧。第三,汉建立以来,废除秦朝严苛政令,高祖入咸阳与民约法三章,实行惠政,安抚百姓,天下大安,已经难以动摇了。大家想一想,吕后分封三吕为王,势力强大,擅权专制,然而周勃带领几个人,深入北军,为测试军心,对他们说拥护刘氏的祖露左胳膊,一声高呼,众人全部露出左胳膊,愿意拥戴刘氏,诛灭吕氏,这难道不是上天的神示吗? 上天都偏护刘氏,你们还有什么好担心的。话说回来,就算朝中大臣打算谋乱,百姓苍生也不听从他们的,而且他们能够专心一致吗? 现在朝中有刘章、刘泽等亲人,外有吴、楚、淮南、齐各路刘氏诸侯,你们担忧什么? 高祖的儿子只有大王和淮南王刘长,而大王年长,多年来治理代地非常成功,贤德圣明,仁慈孝顺,天下闻名,世人皆知。朝中大臣们考虑到天下大事,所以迎立大王,大王您不用怀疑。"

众人听了宋昌的分析,也觉得很有道理,又纷纷劝说大王应该立即回京继承大业。

　　刘恒仔细分析宋昌的建议，认为非常正确，他决定禀明母亲，起身回京。薄姬早就耳闻朝廷变故，也听说朝中派人来请刘恒，她思虑良久，喊来窦姬，吩咐她去请附近一位有名的占卜者。薄姬再次记起年轻时那一次相面，她心中忐忑，难道刘恒真的要做天子？许负的相术真的如此精准？

　　窦姬赶紧带领侍女请来占卜者，一会儿占卜者占卜完毕，卜辞显示："大横庚庚，余为天王，夏启以光。"薄姬等人看罢卜辞，不明白其中含意，询问道，大王已经是王了，怎么又说为王呢？占卜者手捻胡须，摇头晃脑，故作神秘，轻声慢语道："天王指的是天子。"薄姬等人惊喜不已，她急忙命小环去请刘恒，恰在这时，刘恒走了进来。

　　听了占卜者的卜辞，刘恒又把大臣们的意见告诉薄姬，他说："我决定回京一探究竟。"窦姬满心喜悦，兴奋不已，她望着刘恒，激动地说"大王能够继承帝位，真是太好了。"薄姬却镇静下来，她说道："你舅舅与周勃交往不浅，我想，你回京之前，最好让你舅舅先回去见见周勃，探探虚实。"

　　刘恒觉得有理，急忙命薄昭回京见周勃。薄昭得到君命，快马加鞭，飞速回京。他见到周勃，仔细打听事情的经过，探听明白确是朝中大臣们共同推举刘恒为帝。薄昭不敢停留，又飞速赶回晋阳，告诉刘恒说："确实如此，不用怀疑了。"

　　接下来，刘恒安排众人说："我带张武、宋昌等人进京，不用去多了，六辆车马足够了。你们镇守代地，不得有误，如果继位顺利，自然有侍臣回来禀报，如果有差池，你们也好作为接应。"

　　张武急忙阻止："只带六辆车马太少了，万一有变故我们怎么应付？"

刘恒笑着说："你放心好了,不会有变故,再说了,如真有变故,我们带多少人才能抵御? 总不能把代地兵马全部带去吧!"

大臣们见刘恒如此胆大心细,机智勇敢,暗暗佩服他的魄力和胆识。

果然,刘恒只带着张武、宋昌等人,一共六辆车马轻装简从,日夜兼程奔长安而去。

南面而让

十几年前,只有八岁的刘恒离别长安,在母亲的陪伴下,一路风尘赶往晋阳。一路上,他看到残破的房舍,穷困的百姓,各处经过战争摧残,一派荒芜破败之相,当时他立下决心,一定奋发图强,艰苦努力,安定社会,发展经济,让百姓们过上好日子。

如今,社会发生了很大变化,各地经济出现复苏兴旺之势,刘恒看在眼里,喜在心中,他想,如果真能继承帝位,一定要在全国推行仁政,推动全国经济快速发展。

他们渡过黄河,疾驰入长安。长安城外,高祖陵前,刘恒停下不再前行,他下马来到陵前,倒地下拜。十几年来,刘恒从没有回过长安,也无法在高祖陵前拜祭,血浓于水,父子情深,见到高祖的陵墓,他不由得泪如雨下,失声痛哭。

张武等人跪在一旁,也默默流泪。

过了半晌,刘恒说："我在这里陪伴一会儿高祖,宋昌,你先入长安,看看有什么情况,然后再做决定。"

宋昌驰马疾走,远远看见一群大臣站在渭桥上,正往这边张望。宋昌急忙回复刘恒,言说群臣已在渭桥相迎。刘恒起身带领六辆车马朝渭桥进发。

群臣见刘恒来到面前,纷纷下跪称臣。刘恒走下车,躬身还礼。周勃走过来说道:"请到一旁,我们私下谈谈。"宋昌制止说:"如果你说的是公事,就请在公众面前说;如果你有私情,帝王不接受私情。"周勃见宋昌一身正气,言辞犀利,不敢怠慢,举出天子玉玺虎符,献给刘恒。

刘恒摆摆手说:"回到代王府邸再说。"各地诸侯在京都设有府邸,作为回京时居住之所。随后他疾驰赶往府邸,群臣紧紧跟在身后,一起回代王府邸议事。

代王府邸内,丞相陈平、太尉周勃、御史大夫张苍、朱虚侯刘章等等都赶到了,他们再次跪倒下拜,近前说道:"少帝和后少帝都不是惠帝的亲生儿子,不能够继承大业。我们与诸位王公贵卿、大臣列侯,以及所有身分地位高贵的人都商量过了,大王您是高祖最年长的儿子,理应继承帝位,传承宗嗣。请您继天子位。"

刘恒还礼谢过众人,开口说道:"宗庙社稷是国家大事,我年轻力薄,难当重任。应该请楚王回来,再行商议。"群臣听此,叩头不止,坚决请求刘恒立即继位。刘恒站起身,面向西方拜让三次,又面向南方拜让两次。这就是后人称道的"南面而让"的故事。

众臣见刘恒推辞,丞相陈平近前说道:"我们认为大王继承帝业最合适,对于天下苍生来说也最合适,我们考虑宗庙社稷,不敢疏忽大意,希望大王听取我们的建议,继承大业,接受玉玺虎符吧!"

刘恒只好说道:"既然宗族王室臣相们都认为我能胜任,我也不好再三推辞了。"于是,继任天子,接受了玉玺虎符。大臣们按照级别尊贵分列左右。

　　面对天子帝位,刘恒非常谦虚谨慎,南面而让,赢得世人尊重,朝臣佩服,为他后来推行仁政,治理国家开通了道路,打下了基础。

　　刘恒南面而让,群臣意坚力合,最终推举他继承帝业,做了皇帝。刘恒称帝以后,当夜入主未央宫,下诏书新帝即位,大赦天下,百姓们得到这个消息,无不欢呼高歌,举酒庆贺。朝廷又发下牛肉、果酒,让百姓们尽情欢乐,庆祝新帝登基,天下太平。

　　刘恒安排完朝中大事,召来舅舅薄昭,命令他择日赴晋阳迎接太后回朝。薄姬等人送走刘恒后,在晋阳苦苦等待消息,这时,听说他已经顺利登基,继承大业,非常高兴。启程赶回长安,与新皇帝团聚。

　　刘恒继位,立即开始推行仁政,他下诏赏赐平定吕氏的诸位功臣,去除严刑厉法,开始实行仁治天下的政策。

第五节　天下大治

元宵节的由来

农历正月十五日,是我国的传统节日元宵节。正月为元月,古人称夜为"宵",而十五日又是一年中第一个月圆之夜,所以称正月十五日为元宵节。又称为"上元节"。按我国民间的传统,在一元复始,大地回春的节日夜晚,天上明月高悬,地上彩灯万盏,人们舞灯、观灯、猜灯谜、吃元宵合家团圆、喜气洋洋、其乐融融。那么元宵节又是怎么被定为我国传统的节日的呢?

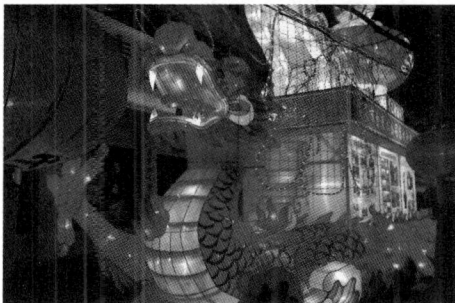

元宵节起源于汉朝,据说是从文帝刘恒时开始流行的。这里面又有什么故事呢?

律历在古代社会很受重视,据记载:"神农以前尚矣。盖黄帝考定星历,建立五行,起消息,正闰余,于是有天地神祇物类之官,是谓五官。各司其序,不时相也。民是以能有信,神是以能有明德。民神异业,敬而不渎,故神降之嘉生,民以物享,灾祸不生,所以不匮。"

律历是人类文明进步的表现,制定律历让人们生活有了秩序,能够按照时节变化生产活动,便于国家稳定,百姓安乐,所以历代帝王都很重视律历的修订工作,把它当做国家最重要的工作之一。

古时,律历涉及范围很广,各个朝代建立以后,帝王们都会对律历进行修改发展,以适应当时的社会情况。农业社会,人们特别重视推崇春季,因为春天冰雪消融,百草兴发,冬眠的动物苏醒过来,正是春耕播种之时,俗话说"一日之计在于晨,一年之计在于春",如果春季气候适宜,人们按照时节耕种劳作,那么一年的收成就有了基本的保证。

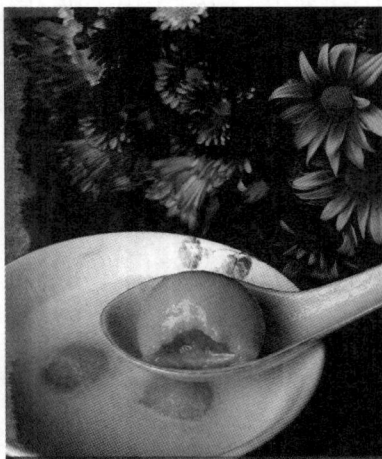

刘恒即位后,重用精通律历的张苍为丞相,修定了许多律历,成为汉朝乃至后世各代人们沿用效法的标准。张苍制定律历,顾及农业生产特点,也非常看重春天。

刘恒即位第二年,春天将至,大臣们朝议说,陛下应该早立太子,以安社稷宗庙。刘恒说:"我没有才德,上天神明得不到钦敬,天下百姓没有安抚,现在也不能求取贤德圣明的人禅让帝位，却想着早立太子，是重己而忽视了天下。我于心不安。"

大臣们进言说："早立太子，正是考虑的宗庙社稷，不忘天下苍生啊！"

刘恒又说："我的叔父年龄大了，懂得许多道理，明白礼仪，我的堂兄弟们，也是仁贤的人，还有许多宗室子弟，你们可以从其中选择仁惠贤明的人，让他们继承帝位，不一定非要立我的儿子做太子。"

大臣们被刘恒以天下先、大公无私的精神所感动，纷纷请求他立自己的儿子做太子，安定社稷江山。刘恒推辞不过，下诏立长子刘启为太子。此时正是正月十五日，人们见诸吕被除，刘恒即位，册立太子，天下大安，非常高兴，家家户户门上悬挂彩灯，以示庆贺。刘恒听闻后，怪罪大臣们大肆张扬，惊扰百姓。

负责律历的张苍却有自己的主张，他上奏说："春天开始，快到耕种的时候了，这个时候可以设立一个节日，提醒人们辛勤劳作，保证一年的好收成。"

刘恒素来重视农业，听说后，觉得有理，就下诏正月十五日为春季隆重的节日，每到这天，他处理完政事，就会微服走上街头，观看百姓们的欢乐场景，与民同乐，也观察世间对于劳作的准备情况。由于他大多数傍晚才有时间走出来，所以百姓们也形成晚上庆祝节日的习惯，家家户户灯笼高挂，并各展手艺，制作的灯笼五颜六色，异彩纷呈，一来能够看到皇帝的身影，为爱民的皇帝照明引路，二来可以舞龙灯、赏花灯，共同庆祝丰收的年景。于是久而久之，就演变成了元宵节。夜里人们张灯结彩，燃放爆竹烟花，期盼有个风调雨顺的好年景。所以世间就有"正月十五雪打灯"的说法，正月十五日决定了一年的运程呢！

　　同时,我国民间有元宵节吃元宵的习俗。相传,元宵起源于春秋时期的楚昭王,某个正月十五日,楚昭王出游经过长江,又饥又饿,见江面有漂浮物,打捞上来后,仔细辨认,发现一种外白内红的甜美食物,楚昭王不知凶吉,不敢轻易食之,连忙请教孔子,孔子说:"此浮萍果也,得之主复兴之兆。"于是在楚国就流传了元宵节吃元宵的习俗。到了汉文帝年间,诸乱已除,国家安定,百废待兴,百姓安居乐业,为了祈求长治久安,复兴国家,人民过上安康幸福的生活,人们纷纷吃元宵,以求上天保佑,纪念文帝爱民如子,君民同福。这样,吃元宵便在全国各地流传开来,并成为我国传统节日的必备食品。吃元宵象征家庭像月圆一样团圆,寄托了人们对未来生活的美好愿望。

文帝行玺

　　到了汉武帝的时候,元宵节已经很具规模,成为非常重大的春日盛会,而且这个节日一直延续至今,成为中华民族祈福纳祥、欢庆团圆的重要节日之一。

文景之治

刘恒八岁远赴边地,在代地为王,二十多岁,在众臣的拥戴之下,继承帝位,成为名副其实的少年帝王。他在位期间,重视农业生产,挂行与民休息和轻徭薄赋的政策。他两次把田租减为三十税一,甚至十二年免收全国田赋。他兴修水利,加速发展农业生产。百姓们没有徭役赋税之苦,得到休养生息,安心田间劳作耕种,天下殷实富裕,"鸡鸣狗吠,烟火万里",百姓安居乐业,人烟兴旺,和乐美满,一副太平盛景之相!

他还亲身耕种,厉行节约。亲自到田间地头参加劳作,耕种收获,鼓励百姓。生活上躬行俭约,克勤克俭,为天下先,他平日饮食是粗茶淡饭,穿着朴实粗丝衣服,他在位二十三年,未央宫内的器物用具没有添加一件,都是高祖时遗留下来的。

刘恒减轻刑罚,取消了连坐刑罚,废除割鼻、砍脚、脸上刺字等肉刑,以德教化感召百姓,造福天下。

他为了巩固中央集权统治,采取合理措施,逐步削弱诸侯王势力,为景帝时削藩打下了一定基础。对外政策上,他继续采取安抚和亲等各项措施,并且在北方屯田驻军,迁徙百姓到边境居住,发展边境经济,增强北部边境的防御力量。当时,许多武将上奏刘恒,四方蛮夷不服朝廷管制,拥兵自重,国家经过多年发展,富足强盛,应该派兵征讨逆党,镇服四夷。刘恒自始至终重视农业生产,也说:"农,天下之本。高祖时曾经因为害怕劳烦民众而不忍心加兵四夷,我怎么能兴兵动武,劳烦民众呢?现在匈奴和南越都已经修好臣服,边关出现少有的安宁,让百姓们安心生产吧!不要再提兴兵的事了。"因此其在位多年,再也没有兴兵动武,汉朝由此逐渐趋向安定强大,并且呈现出富庶景象。太史公司马迁说："文帝时，会天下新去汤火，人民乐业，因其欲然，能不扰乱，故百姓遂安。自年六七十翁亦未尝至市井，游敖嬉戏如小儿状。孔子所称有德君子者也！"

后来的景帝继承推行刘恒的政策。历史上将文帝、景帝时期的统治，誉为"文景之治"。据说，到景帝统治时期，国库里的钱堆积成山，用来穿钱的绳子都腐烂了；粮仓里堆满了粮食，无处盛放，就把粮食堆在外面，有的都发霉腐烂了。

实际上，刘恒的一生都在认真诚恳、不声不响地努力工作，一方面，他铲除了亡秦暴政，抚慰了暴政对百姓和社会造成的伤害；另一方面，他不露声色地清除诸吕作乱带来的负面影响，悄悄地收回社稷大权。再一方面，他为了维护和巩固汉朝江山基业，更是煞费苦心，毫不懈怠。

刘恒始终以天下百姓为重，他清楚地明白，身为一代帝王，任重而道远。稳固政权，安抚百姓，巩固边疆，四海升平，使天下大治，江山一统。为了实现自己的理想，为了让国家强盛、百姓富足，他立足国情、脚踏实地，针对具体情况，采取了许多切实有效的措施。他二十多年不懈努力，艰苦奋斗，踏踏实实地奠定了西汉王朝长期稳定的政治基础，开创了社会经济迅速恢复与蓬勃发展的良好局面，为武帝时汉王朝成为世界上最强大的国家，准备了丰厚的物质条件，也为后世帝王树立了勤政爱民的典范。

刘恒的作为受到后世推崇称赞，太史公司马迁说："汉兴，至孝文四十余哉，德至盛也。"

司马贞称赞说："孝文南面而让，天下归诚。务农先籍，布德偃兵。除帑削谤，政简刑清。绨衣率俗，露台罢营。法宽张武，狱恤缇萦。霸陵如故，千年颂声。"

时人晁错更是兑："绝秦之迹，除其乱法；躬亲本事，废去淫末；除苛解娆，宽大爱人；肉刑不用，罪人亡帑；非谤不治，铸钱者除；通关去塞，不孽诸侯；宾礼长老，爱恤少孤；罪人有期，后宫出嫁；尊赐孝悌，农民不租……亲耕节用，视民不奢。所为天下兴利除害，变法易故，以安海内者，大功数十，皆上世之所难及。"

后世史家，对于汉文帝刘恒更是称颂有加，文景之治是封建社会出现的第一个盛世景观，成为后世帝王君主争相模仿追求的榜样，在历史长河中影响深远，功不可没。

汉文帝刘恒虽然没有给我们留下雄心勃勃的改革家形象，也没有气势磅礴、指点江山、激扬文字、挥斥方道的张扬表现，但他却是一个实实在在的改革者，低调务实、脚踏实地、循序渐进、兴利除弊。正是他寓改革兴利、建设发展于清静无为口号下的实干作风，开创了西汉王朝的新局面，奠定了社会政治经济良好发展的坚实基础。故汉文帝刘恒绝不是一个因循守旧的皇帝，更不是一个无所作为的皇帝，而是一个高瞻远瞩又脚踏实地的改革家，一个西汉王朝的忠实维护者和建设者。

太史公司马迁说："居今之世，志古之道，所以自镜也，未必尽同。"历史永远是一面镜子，是非功过自然逃不过它的慧眼，让我们用后人的诗来景仰汉文帝的功绩吧！

> 龙盘虎踞树层层，
> 势入浮云亦是崩。
> 一种青山秋草里，
> 路人唯拜汉文陵。

公元前 202 年　出生

刘邦战胜项羽,登上帝位,是为汉高祖。

刘恒出生,母为刘邦庶妻薄姬。

公元前 196 年(汉高祖七年)　七岁

被立为代王,分封代地。

公元前 195 年(汉高祖八年)　八岁

汉高祖刘邦去世,吕后之子刘盈即位,为汉惠帝。

公元前 190 年(汉惠帝五年)　十三岁

娶窦氏。

公元前 188 年(汉惠帝七年)　十五岁

窦氏产下一子,取名启,即后来的汉景帝。

同年,汉惠帝刘盈病逝,太子刘恭即位,为西汉前少帝。

公元前 184 年　十九岁

前少帝刘恭被废黜,并被处死,吕后扶植刘弘即位,为后少帝。

公元前 180 年　二十三岁

七月,高祖皇后吕后病逝,吕氏家族造反,被刘姓宗族剿灭,后少帝同时被杀。九月三十日,宗亲迎代王刘恒,继天子位。

公元前 179 年〔汉文帝元年〕　二十四岁

立刘启为太子。从此,预立太子成为汉家定制。

公元前 178 年〔汉文帝二年〕　二十五岁

除田租税之半。

公元前 177 年〔汉文帝三年〕　二十六岁

济北王刘兴居叛乱,文帝派兵镇压,刘兴居被俘后自杀。

同年,匈奴右贤王进犯,被丞相灌婴率兵击退。汉文帝巡视北地,亲至细柳营。

公元前 174 年〔汉文帝六年〕　二十九岁

淮南王刘长叛乱,但尚未行动即被发觉。文帝将其发配蜀郡,途中绝食而死。

贾谊上《陈政事疏》(《治安策》),提出了削弱诸侯势力,发展中央集权制的主张,深得汉文帝赞赏。

公元前 168 年(汉文帝十二年)　三十五岁

再次除田租税之半。从此,三十税一成为汉朝定制。

公元前 167 年(汉文帝十三年)　三十六岁

缇萦上书救父,汉文帝怜其孝心,废除了肉刑。同时下令尽免民田租税。

公元前 164 年(汉文帝十六年)　三十九岁

汉文帝开始施行贾谊的主张,分封刘姓诸王,削弱诸侯实力。

公元前 158 年(汉文帝后元六年)　四十五岁

开放原属国家的所有山林川泽,准许私人开采矿产,利用和开发渔盐资源。

公元前 157 年(汉文帝后元七年)　四十六岁

六月,汉文帝病逝,葬于霸陵,谥号"孝文皇帝"。